Flavia Costa & Rüdiger Schneider

Die Nacht der Therapeutin

Personen und Handlung sind frei erfunden, Ähnlichkeiten oder gar Übereinstimmungen mit Namen rein zufällig.

Flavia Costa & Rüdiger Schneider

Die Nacht der Therapeutin

Roman

Bibliografische Information der Deutschen Nationalbibliothek: Die Deutsche Nationalbibliothek verzeichnet diese Publikation in der Deutschen Nationalbibliografie; detaillierte bibliografische Daten sind im Internet über http://dnb.d-nb.de abrufbar.

Verlag: BoD · Books on Demand GmbH, Überseering 33, 22297 Hamburg, bod@bod.de
Druck: Libri Plureos GmbH, Friedensallee 273, 22763 Hamburg

ISBN: 978-3-8192-9852-3

Vorwort

Eine wunderschöne Zeit, in der dieses Buch entstanden ist. In Rio de Janeiro, Salvador de Bahia, Porto Alegre. Fernab vom Gewittergrollen Deutschlands und Europas. Mit einer brasilianischen Co-Autorin an der Seite. Uma perspectiva feminina!

Rüdiger Schneider, Porto Alegre im Mai 2025

1

Wie in einem Kaleidoskop zogen die letzten Jahre an ihm vorbei. Die letzten schlimmen Jahre. Angefangen hatte es 2020, als er sich geweigert hatte, am Piano eine Maske zu tragen. Er hatte das als Verrat an der Musik empfunden. Außerdem behinderte dieses blöde, vom Staat verordnete Ding die Sicht auf die Tasten, über die seine Hände virtuos hinweggleiten konnten. Er war aus dem Sinfonieorchester entlassen worden. Ein Rausschmiss, der eigentlich egal war, da die Konzerte in der Coronazeit sowieso beendet waren. Drei Kollegen hatten diese Zeit nicht überlebt. Nicht weil sie sich das Virus eingefangen hätten, sondern aus Not, aus Kummer, aus Einsamkeit. Das Herz hatte bei Zweien versagt. Und einer war unmittelbar nach der Impfung gestorben.

Er hatte nach seinem Rausschmiss den Fehler begangen, sich dem Whisky hinzugeben. Erst eine Flasche am Tag, dann zwei. Paula, die Portugiesin, mit der er zusammenlebte, hatte das nicht ausgehalten, war ausgezogen, zurückgekehrt in ihren Heimatort Coimbra. Dann ging es nur noch bergab. Vorbestrafung wegen wiederholten Diebstahls bei Aldi. Die Whiskyflaschen waren einfach zu groß, um sie unbemerkt verschwinden zu lassen. Die andauernde Geldnot, der Umzug in ein kleines, billiges Zimmer, der Verkauf des Pianos. Mit der fehlenden Übung verlor er auch die Chance, nach der Coronazeit eine neue Anstellung zu finden. Am schlimmsten aber war die Einsamkeit. Ohne Frau zu leben war die Hölle. Dann, im August 2025 kam der heroische Entschluss, sich aus allem herauszureißen. Mit dem letzten Geld nach Lissabon. Laufen, laufen, laufen. Den Camino Portuguese. Von Lissabon nach Santiago de Compostela. Vielleicht konnte Jakobus helfen. Oder Maria. In Fatima hatte er am Marienaltar eine Kerze angezündet, ein ´Gegrüßet seist du, Maria´gemurmelt. Ob das helfen würde, wusste er nicht. Aber es würde auch nicht schaden. Er war die Straße entlanggelaufen, mit Turnschuhen auf heißem Asphalt. In Santa Cruz waren die Füße kaputt, er konnte kaum noch gehen, war mit dem Bus zurück nach Lissabon gefahren. Es hatte alles keinen Sinn mehr. Er hatte sich nachts zur Brücke Vasco da

Gama geschleppt, saß jetzt auf dem Geländer in Höhe des ersten Pylons, wo es am höchsten war und blickte hinunter auf das Wasser des Tejo, in dem sich die Laternen spiegelten. Das Schild, das Fußgängern und Radfahrern das Betreten der Brücke verbot, hatte ihn nicht interessiert. Selbstmörder achten auf so etwas nicht mehr. Zu der persönlichen Misere kam noch eine andere hinzu, für die er nichts konnte. Europa war militaristisch geworden, bereitete sich auf einen Krieg vor. Statt den Dialog zu suchen, rüstete man auf. Im Geiste hörte er schon das Geknatter der Maschinengewehre, sah Panzer rollen und schlimmer noch: Waren die in den Wellen sich spiegelnden Lichter der Laternen nicht schon Atomblitze? Warum lernten die Menschen nicht, friedlich zu leben? Der Franzose hatte das Schicksal Napoleons vergessen, der Deutsche Stalingrad verdrängt. Russland mit Natostaaten zu umzingeln war ein großer Fehler gewesen, den man hätte erkennen müssen. Jetzt konnte ihm das auch egal sein. Es war zwei Uhr nachts, als er noch einmal in die Tiefe blickte. Gleich würde er springen, fliegen, fast fünfzig Meter. Der Aufprall würde ihn bewusstlos machen, so dass er das Ertrinken gar nicht mehr mitbekam. Dann war das Leben des Nikolai Schumann ausgelöscht. 50 Jahre hatte es gedauert. Ein halbes Jahrhundert. Das war genug.

2

Die Abschlussparty im ´Westlight Lisboa Madalena´ hatte bis in die Nacht gedauert. Es war halb Zwei. Cecília Gonçalves überlegte, ob sie zu dieser späten Zeit noch nach Montijo rüberfahren sollte, um ihre Freundin zu besuchen. "Komm, wann du willst", hatte Amélia gesagt. "Du weißt, dass ich eine Nachteule bin. Du musst mir unbedingt erzählen, was das für ein seltsames Thema ist, zu dem sich 25 Psychologen aus allen möglichen Ländern treffen. Sapio-sexualität. Was ist das?"

Es war leicht zu erklären. Man war weniger in die äußere Erscheinung des Partners verliebt, als vielmehr in sein Wissen, sein Einfühlungsvermögen, seine Sensibilität. ´Sapio´ kam vom Lateinischen ´sapere´, wissen. Sapiosexualität sorgte seit einigen Jahren für kontroverse Diskussionen in der Welt der Psychologen und Psychotherapeuten. Manche taten diese intellektuelle Spielart der Liebe als Unsinn ab. Andere schworen darauf, dass dieses Thema vor allem Frauen anging. Cecília hatte überlegt, ob sie selbst davon betroffen war. Sicher, ein intelligenter Mann konnte eine besondere Attraktivität haben. Aber gehörte nicht die Berührung der Haut mit dazu? Sie war zu dem Schluss gekommen, dass sie beides war. Sapiosexuell und manchmal eben auch normal. Das eine schloss das andere nicht aus.

In ihrer Praxis in Rio de Janeiro waren ihr nur wenige Fälle begegnet, wo eine Frau behauptete sapiosexuell zu sein. Von einem Mann hatte sie das noch nie gehört. Vielleicht war das auch eine westliche Variante der Liebe und weniger typisch für das lebenslustige Brasilien, die Terra do Samba. Auf jeden Fall war sie neugierig auf die Konferenz gewesen und der Einladung nach Lissabon gefolgt. Zumal sie sich endlich wieder mit Amélia treffen konnte, ihrer brasilianischen Freundin, die sie seit zwei Jahren nicht gesehen hatte.

Cecília kannte Lissabon gut, war schon einige Male in der Weißen Stadt gewesen, auch von dort mit Amélia die Atlantikküste entlanggefahren bis an die Algarve. Am Flughafen in Lissabon hatte sie jetzt einen Wagen gemietet, um sich unabhängig bewegen, nach Montijo fahren zu können und vielleicht noch einmal eine Tour mit ihrer Freundin zu machen. Dann in die andere Richtung, nicht an die Algarve, sondern nach Porto. Die Praxis in Rio, im Stadtteil Botafogo, konnte ruhig eine oder sogar zwei Wochen geschlossen bleiben. Es tat auch gut, sich nicht täglich die Sorgen und Probleme anderer Menschen anzuhören.

Um halb Zwei verabschiedete sie sich von den Teilnehmern der Konferenz. Die hatten schon heftig den verschiedensten Getränken zugesprochen. Einige waren in den Sesseln des Saales schon eingeschlafen, schnarchten vor sich hin. Ein Psychologe aus Norwegen präsentierte einen Videoclip mit einem Song von Wendy Shay ´Sapiosexual´. "Kommt aus Ghana", erklärte er. "Ein Superweib. Sexy. Da wird man schon beim Angucken verrückt. Die transportiert einem das

Gehirn aus dem Schädel. Von wegen sapiosexuell!"

Cecília hatte im Laufe des Abends nur ein Glas Wein getrunken, war dann auf Mineralwasser umgestiegen. Den Wein konnte sie bei Amélia noch nachholen. Oder auch ein paar Caipirinha oder Gin Tonic. Es war zehn vor Zwei, als sie den roten Fiat 500 aus der Garage holte, in den Navi Amélias Adresse eintippte und losfuhr. Die Brücke Vasco da Gama, die über den Tejo nach Montijo führte, hatte sie nach ein paar Minuten erreicht.

3

Er blickte auf das nachtdunkle Wasser, zögerte mit dem Abschwung vom Geländer. Es wäre endgültig. Sein, gewesen sein. Ob da etwas nach dem Tod kam? Er wusste es nicht. Niemand wusste es. Sein Blick ging nach links zur Skyline Lissabons. Welch glückliche Zeiten in dieser Stadt! 2003 der internationale Pianowettbewerb, bei dem er Zweiter geworden war. Die Affäre mit der Georgierin, Mariam Alieva, die den Wettbewerb gewonnen hatte. Ihre

Wildheit am Klavier. Wie sie bei den Akkorden den Kopf mit den schwarzen Haaren zurückgeworfen hatte, virtuos mit den Händen über die Tasten fliegend, hineinhauend. Sie hatte sich Robert Schumann ausgesucht, das Klavierkonzert 54 in a Moll, das angeblich unvollendete, das ihm aber in seiner romantischen Sehnsucht durchaus vollendet schien. Die Nächte mit Mariam im Lisboa Oriente. Die beschwingte Verliebtheit! Wie war die Welt leicht und schön! Und dann nur drei Jahre später hatte er Paula Ruiz in Lissabon kennengelernt. Sie arbeitete als Bedienung in der ´Limão Rooftop Bar´, war mit ihm nach Deutschland gezogen. Seine Sprache hatte sie nicht gelernt, er aber ihre. Fünfzehn Jahre hatten sie zusammengelebt, bis sie dann seinen resignierenden Lebensstil nicht mehr ausgehalten hatte und zu ihren Eltern nach Coimbra gezogen war. Er hatte keinen Versuch unternommen, sie zurückzugewinnen. Womit auch!? Er hatte nichts mehr zu bieten.

Er war so versunken in seinen Erinnerungen, dass er nicht hörte, wie ein Wagen hielt und jemand ausstieg. Erst die Stimme der Frau holte ihn aus der Trance.

"Alô senhor! Acho que nao é uma boa idea o que o senhor está fazer." - Hallo Senhor! Ich glaube nicht, dass das, was Sie tun, eine gute Idee ist.

Ohne sich umzudrehen antwortete er: „Deixe me em paz e siga seu caminho!" – Lassen Sie mich in Ruhe und gehen oder fahren Sie weiter.

„Olhe, não posso seguir o meo caminho e deixa lo aqui tentando tirar algo tao precioso como sua vida." - Schauen Sie, ich kann nicht weggehen und Sie hier zurücklassen, wenn Sie versuchen, sich das Leben zu nehmen.

„Minha vida não tem mais sentido, perdi tudo que era importante. Até perdi minha dignidade." - Mein Leben hat keinen Sinn mehr, ich habe alles Wichtige verloren und sogar meine Würde.

„Me chamo Cecília. Como e o seu nome?" – Ich heiße Cecília. Und Sie?"

Não importa mais meu nome. Mas me chamo Nicolai." – Mein Name ist nicht mehr wichtig. Aber ich heiße Nicolai.

Sie kam langsam ein paar Schritte näher und sagte: „Bem, Nicolai! Por que não me das tua mão que te ajudo a descer? Já passei por situações parecidas na minha vida. Achei que não havia mais solução para meus problemas. Mas acredite, Nicolai, sempre haverá uma solução."" – Gut, Nicolai! Warum gibst du mir nicht deine Hand, damit ich dir helfen kann, herunter zu kommen? Ich hatte in meinem Leben eine ähnliche Situation. Ich dachte, es gäbe keine Lösung mehr für meine Probleme. Aber glaube mir, Nicolai, es wird immer eine Lösung geben."

Er drehte langsam den Kopf, legte die Stirn in Falten, schaute sie verwundert an. Im Licht der Laternen sah er, dass sie schön war. Sie erinnerte ihn an die Georgierin, an Mariam Alieva mit den schwarzen Haaren, die mochte jetzt auch etwa so alt sein wie sie.

„Você não é português", sagte er. Du bist keine Portugiesin. "Seu português soa suave, suave, musical, menos áspero que o dos locais." - Dein Portugiesisch klingt sanft, weich, musikalisch, weniger hart als das der Einheimischen."

„Eu sou brasileira." - Ich bin Brasilianerin", erklärte sie. „Do Rio de Janeiro." - Aus Rio des Janeiro.

Sie kam näher und sah, dass er unentschlossen war. Sie redete weiter mit ihm.

„Estou indo para a casa de um amigo não muito longe daqui. Podemos ir lá juntos." - Ich fahre zu einer Freundin, nicht weit von hier. Wir können zusammen dorthin fahren.

Er bewegte langsam die Beine auf die andere, die sichere Seite des Geländers, schob sich von der Brüstung, stand. Cecília kam ein paar Schritte auf ihn zu.

„Por que? O que aconteceu?" – Warum? Was ist geschehen?

"Warum?" wiederholte er ihre Frage. "Lange Geschichte", antwortete er auf Portugiesisch. "Es ist alles so sinnlos geworden. Ich habe bessere Zeiten gesehen. Aber das ist vorbei."

"Gibt es nicht immer einen Ausweg? Welche besseren Zeiten waren das?"

Jetzt ging er noch ein paar Schritte auf sie zu, stand vor ihr, sagte: "Als ich noch Klavier spielen durfte. Aber dann kam diese verdammte Coronazeit. Ich weigerte mich, eine Maske zu tragen, bin aus dem Orchester rausgeworfen worden. Tja, und dann ging es nur noch bergab. Geldmangel, Alkohol, Freundin verloren, Klavier verkauft, mit dem letzten Geld nach Lissabon geflogen. Wollte den Camino Portuguese gehen, den portugiesischen Jakobsweg. Aber das ist mir auch gescheitert. Ich bin nicht weit gekommen."

"Warum ausgerechnet Lissabon?"

"Weil ich hier meine schönsten Erinnerungen habe."

4

"Du bist kein Portugiese", sagte sie. "Das höre ich an deinem Akzent."

"Alemão. Deutscher."

"Oh sim!" Ach ja! Komm, steig ein. Meine Freundin heißt Amélia. Sie ist auch Brasilianerin."

"Sie wird etwas dagegen haben, wenn du mit einem unbekannten Mann ankommst?"

"Nein. Sie wird erstaunt sein, dass ich mit einem Mann ankomme, den ich auf dieser Brücke gefunden habe."

"Sie sind in Rio verheiratet?"

"Nein. Ich bin seit drei Jahren solo. Und Sie?"

"Was schon!? Woher sollte ich eine Frau haben? Als insolventer Säufer."

"Und vorher?"

"Eine Portugiesin. Paula. Sie ist abgehauen, als ich meinen Job verloren habe und mit dem Whisky anfing. Sie ist jetzt bei ihren Eltern in Coimbra."

"Wie alt ist sie?"

"45. Fünf Jahre jünger als ich. Und Sie, wenn ich das fragen darf?"

"48."

"Was machst du in Lissabon? Warum bist du hier."

"Ich bin Psychologin. Wir hatten eine internationale Konferenz. Über Sapio-sexualität. Du weißt, was das ist?"

"Nein."

"Komm, steig ein. Ich erzähle es dir unterwegs."

Sie nahm seine Hand, führte ihn zu ihrem Wagen.

5

"Danke", sagte sie, als er neben ihr im Wagen saß. "Danke, dass du nicht gesprungen bist."

"Danke?" fragte er verwundert und sah sie von der Seite an. "Du kannst doch nichts dafür, dass ich mich auf das Geländer gesetzt habe."

"Ich hätte es mir nicht verziehen, wenn du vor meinen Augen gesprungen wärst. Was hätte ich dann machen können? Einfach weiterfahren, die Polizei informieren? Der Tejo ist hier so breit wie bei uns der Amazonas. Gefunden hätte dich niemand."

"Seltsam. Dass du ausgerechnet Cecília heißt. Sie ist die Schutzpatronin der Musik. Auch in Brasilien?"

"Ja. Sie ist eine katholische Heilige. Mein Vater hat mir diesen Namen gegeben, weil ich am 22. November geboren wurde. Das ist der Namenstag von Cecília."

Eine Weile schwieg er, erstaunt über die Wendung seines Schicksals. Statt tot im Tejo zu treiben, dem Atlantik entgegen, saß er jetzt neben einer Brasilianerin, die ihn an Mariam, die Georgierin, erinnerte, an die glücklichen Tage in Lissabon.

"Es ist gut, dass du dein Können nicht einfach weggeworfen hast", sagte sie. "Du wirst das Klavierspielen ja nicht verlernt haben."

"Aber aus der Übung bin ich. Seit dem Rausschmiss aus dem Orchester habe ich keine Taste mehr berührt. Das Piano stand wie ein stummer Vorwurf im Zimmer. Vor dem Flug nach Lissabon habe ich es verkauft, um es nicht mehr ansehen zu müssen. Na ja, auch um überhaupt fliegen zu können."

"Du hast nur klassische Musik gespielt?"

"Ach was! Das macht kein Pianist. Je nach Gelegenheit spielen wir auch flottere Stücke."

"Je nach Gelegenheit? Bei welcher?"

"Nun ja, als ich zum Beispiel Paula kennenlernen wollte, im Limão war das, in einer Bar hier in Lissabon, habe ich mich an das Piano dort gesetzt und für sie einen Reggae gespielt. Und den Refrain dazu gesungen. ´´We all have a soul plan while stepping on a coalyard.´"

"Schön!" meinte sie und lächelte. "Würdest du das auch für mich tun? Ich lade dich Morgen in diese Bar ein. Sie haben das Piano hoffentlich noch."

Er schüttelte den Kopf, lachte. "Wie verrückt ist das denn!? Ja, natürlich mache ich das. Falls sie mich in die Bar lassen. Ich denke, ich sehe ziemlich abgerissen aus."

"Das lässt sich leicht beheben. Amélia hat den Kleiderschrank voll. Als ihr Mann abgehauen ist, hat er alles zurückgelassen, und sie hat es bis jetzt noch nicht weggeworfen. Falls dir davon nichts gefällt oder du nicht die Sachen eines anderen Mannes tragen willst, können wir Morgen auch in der Rua Augusta einkaufen."

"Das würdest du machen?" fragte er erstaunt.

"Ja. Ich treffe nicht jeden Tag einen Mann, der von einer Brücke springen will."

6

"Cecília, du hast gesagt, du hättest in deinem Leben eine ähnliche Situation gehabt. Was war passiert? Wir wollen ja nicht nur von mir reden."

"Vor drei Jahren ist mein Mann mit dem Motorrad tödlich verunglückt und nur einen Monat später mein Sohn an einer Überdosis Heroin gestorben. Er war drogenabhängig. Ich habe es nicht geschafft, ihn davon abzubringen, habe versagt. Es ist das Schlimmste, was einer Mutter passieren kann. Den Sohn zu verlieren. Ich bin in eine tiefe Depression geraten, habe mein Leben für sinnlos gehalten und Schlaftabletten genommen.

Das war auf der Terrasse meines Hauses im Stadtteil Botafogo. Ich wollte mich mit einem letzten Blick auf die Bucht und den Zuckerhut verabschieden. Was ich nicht wusste, Amélia war überraschend nach Rio gekommen und hat mich rechtzeitig gefunden. Heute bin ich froh, dass es so gekommen ist. Man darf sein Leben nicht wegwerfen. Es gibt immer eine Lösung. Oder? Wie fühlst du dich jetzt?" fragte sie mit einem Seitenblick auf ihn.

Er hob die Schulter. "Wie soll ich das beschreiben? Überrascht, verwundert. Das alles ist ja gerade ein paar Minuten her. Ich weiß nicht, ob ich wirklich gesprungen wäre. Aber wie hätte es weitergehen sollen? Ich habe keinen Ausweg gesehen. Dass du gekommen bist, was ist das? Zufall, Fügung, Schicksal. Keine Ahnung. Und dann heißt du auch noch ausgerechnet Cecília, Schutzpatronin der Musik. Das ist verrückt. Ja, wie fühle ich mich? Eigentlich ziemlich gut neben dir. Ich könnte auch sagen: wie neugeboren. Oder wie von einem Engel gerettet."

Er sah, wie Cecília lächelte. Sie warf dabei kurz den Kopf in den Nacken, so dass die in Wellen flutenden Haare einen in Gold gefassten, rubinroten Ohrstecker freigaben. "Schön", sagte sie. "Beautyful! Das gefällt mir. Das hätte ich noch als Thema bei der Konferenz gebrauchen können."

"Ach ja", meinte er. "Du wolltest mir das noch erklären. Was war das für eine Sexualität? Habe ich vergessen."

"Sapiosexualität. Kommt vom Lateinischen ´sapere´, wissen. Es bezeichnet die erotische Hingezogenheit zum Intellekt einer anderen Person. Sapiosexuelle Menschen werden auch ´Nymphobrainiacs´ genannt. Aber ehrlich gesagt, ich halte nicht viel von dieser neumodischen Diskussion in der Psychologie. Bei einer Beziehung kommt es ja mehr auf Einfühlungsvermögen an. Nach Lissabon bin ich eigentlich vor allem wegen Amélia gekommen."

Sie hatten das Ende der Brücke erreicht. "Zwölf Kilometer ist die lang", sagte Nicolai.

"Oh, dann ist es wohl die längste Brücke der Welt."

"Nein, die ist in China. Aber die hier ist lang genug."

7

"Jetzt sind es nur noch ein paar Kilometer bis zu Amélia. Sie wohnt in der Rua Bela Vista, in einem Haus an einer der Buchten des Tejo", sagte Cecília.

"Erzähle mir etwas von ihr! Was macht sie, wie lebt sie, wovon lebt sie? Wie alt ist sie?"

"Oh, du willst aber viel wissen. Sie ist auch 48 wie ich. Sie ist geschieden. Ihr Mann hat eine Weinfabrik für den berühmten Vinho Verde. Er ist Millionär. Um seine Fabrik nicht mit ihr teilen zu müssen, zahlt er ihr einen sehr luxuriösen Unterhalt. Das Haus hat er ihr überlassen. Amélia malt, in Öl, sie hat auch schon eine Ausstellungen gehabt. Mit mehr oder weniger Erfolg. Mais ou menos. Ich würde sie als sehr attraktiv bezeichnen. Aber mach dir da keine Hoffnungen. Sie ist polyamourös. Du weißt, was das heißt?"

"Claro! Kann ich mir herleiten. ´Poly´ - viel. Sie wechselt also häufig ihre Liebhaber oder hat gleich mehrere."

"Ja, und vor allem erheblich jüngere. Und die müssen muskulös sein. Du hättest auch von daher im Moment keine Chance bei ihr. Du müsstest erst wieder richtig ins

Futter kommen. Wenn sie in Rio ist, besucht sie gerne Striptease-Shows."

"Chance bei ihr?" Er gab seiner Stimme einen beleidigten Unterton. "Will ich doch gar nicht."

"Dann ist es ja gut. Ich habe dich gewarnt."

"Wie oder wo habt ihr euch kennengelernt?"

"Wir sind in Rio in dieselbe Schule gegangen, auch in dieselbe Klasse. Nach em Abitur haben wir uns zunächst aus den Augen verloren. Ich habe Psychologie studiert und sie hat bei einem Urlaub auf Madeira ihren portugiesischen Mann kennengelernt und geheiratet. Wir haben uns nur ab und zu geschrieben oder miteinander telefoniert. Kurz nach ihrer Scheidung hat sie mich in Rio besucht und ich sie danach in Lissabon beziehungsweise in Montijo, das ja sozusagen zu Lissabon gehört, aber verwaltungsmäßig zum Bezirk Setubal."

Sie hatten das Zentrum von Montijo erreicht, passierten eine beleuchtete Kirche mit weißer Fassade und zwei Türmen.

"Das ist die Kirche ´Espírito Santo´", erklärte Cecília. "Wenn du barocke, goldene Pracht liebst, lohnt es sich, sie zu besichtigen."

"Die romanischen Kirche sind mir lieber. Aber wenn sie einen Marienaltar haben, gerne. Dann zünde ich noch einmal eine Kerze an."

"Noch einmal?"

"Habe ich in Fatima gemacht."

"Du glaubst daran?"

"Seit du mich vom Geländer geholt hast, halte ich alles für möglich."

Sie erreichten die Bucht des Tejo und kurz darauf die Rua Bela Vista. Vor einer weißen Villa mit rotem Ziegeldach stoppte Cecília. "Hier ist es", sagte sie.

8

Sie gingen durch einen offenen Vorgarten, erreichten auf einem mit Terracottafliesen ausgelegten Weg, der mit Bambuspalmen gesäumt war, die Haustür. Eine Bronzeglocke mit der Aufschrift `Bem-Vindo` - Willkommen - hing daneben an der Fassade. Cecília schlug den Klöppel mit Hilfe eines Lederriemens. Ein heller Ton erklang. Fast das hohe C, dachte Nicolai. Amélia musste schon in der Nähe gewartet haben. Nach nur ein paar Sekunden öffnete sie die Tür. Zuerst fiel ihr erstaunter und zugleich fragender Blick auf Nicolai. Sie umarmte Cecília, wollte schon fragen: "Wen hast du denn da aufgegabelt?", formte es aber höflich um in: "Oh, wen hast du uns mitgebracht?"

"Ich erzähle es ihr selbst", sagte Nicolai. Er hob beide Hände in Schulterhöhe wie um ein Bedauern auszudrücken, wandte sich an Amélia: "Ich bin Nicolai. Cecília hat mich auf der Vasco da Gama-Brücke gefunden. Ich wollte mich in den Tejo stürzen. Sie hat mich daran gehindert."

"Oh!" entfuhr es Amélia. Aber sie hatte sich rasch wieder unter Kontrolle, gab Nicolai die Hand und sagte: "Kommt rein! Feiern wir unser Wiedersehen und eine neue Bekanntschaft. Der Vinho Verde steht schon bereit."

"Amélia, er hat fünf Tage im Freien geschlafen", sagte Cecília. "Er braucht neue Sachen zum Anziehen. Hast du noch etwas für ihn? Und duschen will er auch."

"Aber ja. Enzo hat alles zurückgelassen, hat versprochen, es abzuholen, hat er aber bisher nicht gemacht. Und ich habe es noch nicht entsorgt." Sie warf einen kritischen Blick auf Nicolai, auf das verfleckte, taubenblaue Hemd, auf die mit Gras- und Erdflecken bedeckte beige Hose, entdeckte in Kniehöhe ein Brandloch, am rechten Turnschuh begann sich die Sohle zu lösen.

"Es wird nicht unbedingt passen", fuhr sie fort. "Enzo war etwas größer und nicht so schlank wie er."

Amélia ging vor ihnen durch einen Flur, an dessen Wänden sich Ölgemälde kleineren Formates reihten. „Meine kleine Galerie", sagte sie. Nicolai warf im Vorbeigehen einen kurzen Blick darauf. Naturalistisch malt sie, dachte er. Mit einem Hauch von Verfremdung in der Art eines van Gogh. Sie liebt schiefe Häuser und Palmen, die im Sonnenlicht in Flammen aufzugehen scheinen. Sie gelangten in ein Wohnzimmer, das mit antiken Möbeln aus Palisanderholz eingerichtet war.

"Kommen Sie!" forderte Amélia ihn auf. "Ich zeige Ihnen alles." Sie führte ihn zuerst in ihr Schlafzimmer, öffnete dort einen Flügel an einem Wandschrank. "Hier sind Enzos Sachen. Nehmen Sie sich, was immer Sie wollen. Die Tür neben dem Schrank führt ins Bad. Sie finden dort im

Regal Handtücher und im Spiegelschrank über dem Waschbecken Enzos Rasierapparat. Den hat er auch zurückgelassen. Wissen Sie, er hatte eine zweite Wohnung in Setubal. Die hat er für sich und eine seiner wechselnden Geliebten gekauft. Na ja, so sind die Männer eben. Sie auch?"

Er wunderte sich über ihre Direktheit, wich der Frage aus: "Wie denn!? So wie ich aussehe? Außerdem bin ich kein Scheich."

Amélia gab sich mit dieser Auskunft zufrieden, vertiefte das verfängliche Thema nicht weiter, sagte: "Wir sitzen draußen auf der Terrasse. Sie müssen nur zurück ins Wohnzimmer und dann sehen Sie schon." Mit den Worten "Lassen Sie sich ruhig Zeit, die Nacht ist noch lang genug", entfernte sie sich.

9

Cecília stand noch im Wohnzimmer. "So, jetzt erzähl mal!" sagte Amélia. "Was ist passiert? Wo kommt er überhaupt her? Portugiese ist er nicht. Und auch kein Brasilianer. Das kann ich an seinem Akzent hören."

"Alemão."

"Und warum spricht er so gut Portugiesisch?"

"Er hat in Deutschland lange mit einer Portugiesin zusammengelebt. Jetzt bring mir aber bitte erst einmal ein Glas Wein, bevor ich weiter erzähle."

"Kommt sofort. Mein Gott, ist das verrückt! Da bringst du mir mitten in der Nacht einen Mann mit, der sich das Leben nehmen wollte."

"Wie? Dir? Den habe ich nicht dir mitgebracht."

"Ich hatte seit anderthalb Jahren keinen Mann mehr."

"Du spinnst wohl. Lass ihn in Ruhe! Außerdem ist er auch gar nicht dein Typ. Vergnüge dich mit deinem Vibrator."

"Ich brauche etwas Lebendiges."

"Von wegen! Hol endlich den Wein. Dann erzähle ich dir mehr."

Amélia verschwand in die Küche, kam kurz darauf wieder mit drei Gläsern und einer Flasche Vinho Verde. "Bist du nicht müde?" fragte sie.

"Nein. Überhaupt nicht. Nach diesem Ereignis bin ich hellwach."

"So, jetzt erzähle! Wie kommt er dazu, sich von der Brücke zu stürzen?"

"Er ist Pianist. Alles fing damit an, dass er in der Coronazeit am Klavier keine Maske tragen wollte. Da haben sie ihn aus dem Orchester entlassen."

"Das ehrt ihn. Finde ich gut. Das wäre ihm in Brasilien nicht passiert."

"Weiß ich nicht. Ob das richtig war? Unser Präsident von damals war ja gegen das Impfen, hat gesagt, es sei eine Schande, so in das Immunsystem eines Menschen einzugreifen. Und im Umgang mit der Maske war er etwas lockerer. Okay, aber weiter. Nun ja, dann kam der Geldmangel, er hat sich am Whisky vergriffen, seine portugiesische Freundin ist abgehauen."

"Und wie kommt er ausgerechnet auf diese Brücke?"

"Er wollte seinem Leben noch einmal eine Wende geben und den Camino hier nach Santiago gehen, hat das aber ziemlich dilettantisch angestellt. Er ist den Atlantik entlang, hat sich auf dem heißen Asphalt der Straße die Fußsohlen wundgelaufen, ist nur bis Santa Cruz gekommen. Du kannst ja sehen, dass er noch etwas vorsichtig geht. Mit dem Bus und dem letzten Geld ist er zurück nach Lissabon und hat gedacht, es hat alles keinen Sinn mehr. So habe ich ihn auf dem Geländer sitzend gefunden. Klar habe ich angehalten. Mir kam der Gedanke, jetzt kann ich etwas wieder gutmachen. Du weißt ja, du bist damals zur rechten Zeit mit dem Portier gekommen."

"Wirklich verrückte Geschichte!" meinte Amélia. "Lass uns noch etwas warten, bis er kommt. Dann stoßen wir zu Dritt an und gehen nach draußen auf die Terrasse. Was meinst du? Er kann hier im Wohnzimmer auf dem Sofa schlafen. Ich werde ihm eine Decke holen."

"Ja. Mach es so."

"Und was hast du jetzt weiter vor mit ihm?"

"Weiß ich noch nicht. Morgen fahren wir erst einmal mit der Fähre rüber nach Alfama. Ich werde ihn neu einkleiden, und dann gehen wir in eine Bar, die ein Piano hat. Er hat versprochen, etwas für mich zu spielen."

"Oh, das hört sich gut an. Wie lange willst du bleiben?"

"Zwei oder drei Tage. Dann muss ich zurück nach Rio."

"Und was ist mit ihm? Du kannst ihn hierlassen. Das Haus ist groß genug. Alleine zu sein ist kein Vergnügen."

"Abwarten. Er hat da ja auch noch mitzureden. Über die Zukunft haben wir noch gar nicht gesprochen."

Plötzlich spitzte Cecília, die zur Tür hinsah, die Lippen, murmelte dann: "Wow, Amiga! Ele é bastante atrativo!"

Nicolai war aus dem Bad gekommen. Frisch rasiert, gekämmt und ganz in Weiß. Auch wenn Enzos Hemd und die Leinenhose zwei Nummern zu groß waren, hatte das etwas Cooles, Lässiges, das ihm gut stand. Er war barfuß, hatte wohl keine passenden Schuhe entdeckt. Als er auf die beiden Frauen zuging, bemerkten sie sofort, dass er nicht mehr nach Erde, Gras, Heu und Schweiß roch. Er hatte Enzos Kölnisch Wasser gefunden.

"Wow!" sagte jetzt auch Amélia, die sich umgedreht hatte, "bastante atrativo!"

10

Amélia füllte die Gläser. Als sie damit anstießen, sagte sie zu Nicolai: "Willkommen bei zwei Brasilianerinnen!" Cecília hob fragend die Augenbrauen, gab aber keinen Kommentar dazu. Was hatte Amélia vor? Wünschte sie sich wirklich,

Nicolai würde bei ihr bleiben? Das passte doch gar nicht zu ihrem üblichen Beuteschema. Aber konnte sich das nicht geändert haben? Würde die Freundin vorschlagen, mit nach Alfama zu kommen, würde sie das ablehnen. Sie wollte den Tag mit ihm alleine verbringen, ohne Amélia. Sie dachte auch an das Klavierspiel, das er ihr widmen wollte. In der Bar, im Limão, hatte Amélia nichts zu suchen. Die ahnte nichts von den Gedanken der Freundin, sprach weiter mit Nicolai. "Du kannst mich auch ´Lia´ nennen. Das ist persönlicher."

"Schön. Dann bin ich für euch ´Nico´. Das hier ist übrigens der erste Tropfen Alkohol nach fünf abstinenten Tagen. Wenigstens das hat der Weg gebracht. Von jetzt an auch keine scharfen Sachen mehr. Ich meine die Getränke."

Er bemerkte Amélias Lächeln und die Zweideutigkeit seines Satzes und fügte rasch hinzu: "Das Essen darf natürlich scharf sein. Ich liebe Chilischoten."

Sie gingen nach draußen auf die Terrasse. Die beiden Frauen setzten sich. Nicolai war stehen geblieben, blickte zum Himmel. "Eine wunderschöne Konstellation", sagte er. "Die Venus steht genau im Viertelmond, ruht in der Schale. Sie folgt immer dem Mond. Mal näher, mal weiter. Aber so wie jetzt, das ist selten. So hell habe ich die Venus noch nie gesehen. Das Licht des Mondes kann ihr Strahlen nicht überdecken. Wunderschön!"

"Wie poetisch!" sagte Amélia. "Du musst aber nicht da stehen bleiben, Nico. Setz dich zu uns. Erzähl uns was aus deinem Leben. Wie viele Frauen hast du schon gehabt?"

"Lia, lass den Blödsinn!" mischte sich Cecília verärgert ein. "Was soll das!? Das geht uns gar nichts an. Er fragt dich ja auch nicht, wie viele Männer du schon verschlissen hast." Sie wandte sich an Nicolai und sagte: "Nimm dich vor meiner Freundin in acht, Nico. Sie spielt gerne die Femme fatale, lockt Männer in verfängliche Situationen."

"Stimmt doch gar nicht", protestierte Amélia. "Warum soll er uns nicht etwas aus seinem Leben erzählen?"

"Aber nicht das. Davon will ich nichts hören."

"Fangt bloß nicht an euch zu streiten", mischte sich Nicolai ein. "Lias Frage kann ich auch leicht beantworten. Kennt ihr den

Roman ´Die Liebe in den Zeiten der Cholera`?

"Nein", antworteten beide.

"Ist von einem Kolumbianer. Gabriel García Márquez. In diesem Roman liest der alte Doktor Firmin seine Tagebücher und zählt die Frauen, die er im Laufe seines Lebens gehabt hat. Er kommt auf 420. Bei mir waren es erheblich weniger. So, und jetzt Schluss mit diesem Thema. Cecília hat recht. Darüber will ich nicht reden. Das gehört nicht in diese schöne Nacht."

11

Nicolai setzte sich zu den Beiden, sagte: "Wisst ihr, was auch wunderschön ist und mir gefällt? Es ist die Art, wie ihr euch kleidet. Du, Cecília, mit einem langen Kleid, schwarz und rot, aus zartem Chiffon. Und du Amélia mit einem langen Kleid in den portugiesischen Farben Rot und Grün. In Deutschland sehe ich so etwas Feminines selten. Da sind bei den Frauen eher Hosen angesagt und graue, unauffällige Farben."

"Sind nur unsere Kleider schön?" fragte Amélia.

"Nein, ihr auch. Aber das ist schwer zu beschreiben, und ich will mich da nicht mit den Worten vergaloppieren. Ihr habt beide schöne, rehbraune Augen. Um eure Haarpracht beneide ich euch. Ich hatte sie auch einmal länger als jetzt, hinten zu einem Zopf gebunden. Als Pianist darf man das. Es ist dann eine besondere, persönliche Note. Nach meinem Rausschmiss habe ich sie erst einmal kurz geschoren wie bei einem Sträfling. Ach ja, wenn ich das so sagen darf, ihr habt beide schöne, volle, sinnliche Lippen und Gott sei Dank keinen Strichmund vom vielen Diskutieren. Und eure Figur, entschuldigt den Ausdruck, ist auch sehr Appetit anregend."

"Er ist wieder voll im Leben", kommentierte Amélia. "Erfrischend frech. Hoffentlich hat er nicht nur Appetit, sondern auch Hunger."

"Du bist wieder mal unmöglich", schaltete sich Cecília ein.

"Anderes Thema bitte!" sagte Nicolai und wandte sich an Cecília. "Wie sieht man eigentlich die deutsche und die europäische Angelegenheit in Brasilien?

Ich meine dieses Aufrüsten und sich auf einen Krieg vorbereiten. Die Stimmung bei der Bevölkerung wird immer depressiver. In den Nachrichten sagen sie, das sei der letzte friedliche Sommer. Wir sollen uns auch Notvorräte zulegen, was ich bei meinem Geldmangel überhaupt nicht kann. Und viele andere bestimmt auch nicht."

"Wir wundern uns", antwortete Cecília. "Weißt du, Nico, wir haben Konflikte mit benachbarten Staaten immer per Dialog gelöst. Es gab nur einen einzigen, kurzen Krieg, den uns ein wahnsinniger Diktator aus Paraguay aufgezwungen hatte. Du wirst bei uns auch alle möglichen Rassen und Hautfarben friedlich miteinander lebend finden. Egal ob indigen, afrikanisch, europäisch oder wie auch immer gemischt. Es gibt deutsch geprägte Städte wie zum Beispiel Blumenau. Die haben sogar wie die Bayern ein Oktoberfest. Es gibt italienisch geprägte Siedlungen im Süden, São Paulo hat eine japanische Kolonie. Und wir haben viele Venezolaner, die vor ihrer Diktatur geflohen sind und in Brasilien arbeiten dürfen. Es geht alles sehr tolerant und friedlich zu. Euer Verhalten in Europa verstehen wir nicht. Und unser Präsident wird sich hüten, sich in den Konflikt einzumischen, sich hineinziehen zu lassen. So viel, Nico, zu deiner Frage. Ich bin froh, Brasilianerin zu sein."

"Tja", meinte Nicolai, "dann seid ihr klüger als die Deutschen und die Europäer. Der französische Präsident hat das Schicksal Napoleons vergessen. Die Deutschen haben Stalingrad verdrängt. Konflikte mit Russland sind nie gut gegangen."

"Kinder, trinkt mehr Wein und sucht ein anderes Thema!" mischte sich jetzt Amélia ein. "Gespräche über Politik sind öde." Sie stand auf, um eine neue Flasche Wein zu holen.

"Weißt du, Cecília, als ich da auf dem Geländer saß und in das Wasser des Tejo blickte, hatte ich eine erschreckende Vision. Ich sah Blitze im Wasser. Das war der Currington-Effekt. Ich muss es erklären. Es war ungefähr in der Mitte des vorigen Jahrhunderts. Da gab es einen heftigen Sonnensturm, der die gesamte Elektrizität ausschaltete und sogar das Papier in den Faxgeräten brennen ließ. Eine einzige Atombombe in der richtigen Höhe gezündet, hat denselben Effekt.

Europa tötet sich ohne Dialog selbst. Wir hatten früher besonnene Kanzler, die davor gewarnt haben, Russland mit Nato-Staaten zu umzingeln. Aber diese neue, unvernünftige Generation von Politikern hat das vergessen."

Amélia kam mit einer neuen Flasche Wein zurück. "Cecília", sagte sie, sprechen wir doch jetzt lieber über deine Konferenz. Du wirst uns da was zu erzählen haben über Sexualität. Das ist doch viel spannender."

Cecília stützte ihre Ellenbogen auf den Tisch, legte ihr Kinn auf die Handflächen, lächelte Nicolai an und sagte: "Diese Tussy versteht das nicht."

12

Die Morgendämmerung kam schon mit einem ersten Streifen Licht, als die Drei nach der vierten Flasche Vinho Verde endlich aufstanden. Amélia ging mit einem "boa noite" und einem fragenden Blick auf Nicolai in ihr Schlafzimmer. Der legte sich im Wohnzimmer auf das Sofa und zog sich die Decke über die Ohren. Cecília wanderte ins Gästezimmer, legte sich auf das Bett, konnte aber nicht einschlafen. Seltsame Gefühle durchströmten sie. Wo waren die überhaupt? Im Kopf, im Herz oder noch weiter unten. Reagierte ihr Körper auf einmal anders nach einer trostlosen Ehe, wo der Sex zur Routine geworden war, zu einer Sache, die man tat, um Frieden mit dem Partner zu haben und wo die Liebe eigentlich schon vor die Hunde gegangen war und diese schöne Leichtigkeit des Verliebtseins sich zurückgezogen hatte. Jetzt war dieses Gefühl auf einmal wieder da, klopfte leise an, verwirrte. An Schlaf war nicht zu denken. Sie stand auf, schaltete das Licht ein. Ihr Blick fiel auf den CD-Player, der auf der Kommode stand, mit einem Stapel CD´s daneben. Obenauf der Song von Paula Fernandes, ´Pássaro de fogo´, Feuervogel. Sie schob die Scheibe in den Player, drückte auf ´spielen´, hörte auf die dahinschwebende Melodie, die Stimme der Sängerin und auf den Text, die Lyrics.

"Vai se entregar pra mim, como a primeira vez. Vai delirar de amor. Sentir o meu calor. Vai me pertencer." - Wirst du dich mir hingeben? Wie beim ersten Mal. Du wirst verrückt vor Liebe. Spüre meine Wärme. Es wird mir gehören.

"Sou pássaro de fogo, que canta ao teu ouvido. Vou ganhar esse jogo. Te amando feito um louco. Quero teu amor bandido." - Ich bin ein Feuervogel. Das singt in deinem Ohr. Ich werde dieses Spiel gewinnen. Ich liebe dich wie verrückt. Ich will deine Banditenliebe.

Was wäre, wenn ich jetzt einfach zu ihm gehe? überlegte sie. Nur den Arm um ihn lege, ihn spüren will. Den Schlag seines Herzens. Oh, nein! Viel zu früh. Er könnte es falsch verstehen. Nicht als ein erstes fragendes Anklopfen, sondern als eine Aufforderung zu mehr. Was ich aber jetzt noch gar nicht will. Muss es nicht langsam wachsen wie das erste zarte Blatt einer Pflanze? Aber kann die Liebe nicht auch wild sein, ungestüm, hemmungslos, sich nicht um die Zeit kümmernd? Wozu einen langen Anlauf? Wozu diese Bedenken? Amélia hätte sie nicht. Nein, nein, ich bin Cecília. Ich warte. Ich weiß ja gar nicht, ob er mich will. Aber ist da nicht die gleiche Sehnsucht in seinen Augen, wenn er mich ansieht? Amélia betrachtet er mit einer gewissen Sachlichkeit, als sei sie nur eine Partnerin für lustige Auseinander-setzungen. Ich warte ab, was Morgen, nein schon heute, passiert. Es muss erst weitere Zeichen geben.

13

Sie hatte nur ein paar Stunden geschlafen. Gegen Zehn stand Cecília auf und ging in die Küche. Amélia saß dort an einem Tisch und rauchte. Es roch nach Maconha, Cannabis. Sie hatte ein Glas neben sich und neben dem Glas stand eine Flasche. Auf dem Etikett las Cecília ´Anis Escarchado´.

"Oh, am Morgen schon!" sagte sie.

"Ja, am Morgen schon."

"Das geht schon länger so?"

"Ja, seit einem Jahr. Weißt du, ich habe es satt, hier alleine in dem großen Haus zu sitzen. Es ist frustrierend."

"Und die jungen Kerle, von denen du mir erzählt hast?"

"Ach, das ist ein Märchen. Ein paar Mal ist es vorgekommen. Aber die vögeln einmal mit mir und sind dann weg. Ich müsste sie bezahlen, damit sie bleiben. Aber das will ich nicht."

"Alkohol und Cannabis sind aber auch keine Lösung. Damit betäubst du dich nur."

"Weiß ich selbst. Aber danke für die Auskunft, du kluge Psychologin."

Amélias Ton hatte an Schärfe gewonnen. "Ihr fahrt heute nach Alfama rüber?" fragte sie. "Du willst ihn neu einkleiden?"

"Ja. Enzos Sachen sind zwei Nummern zu groß."

"Wie edel von dir! Darf ich mitkommen?"

"Nein, ich will mit ihm alleine sein."

"Was bist du nur für eine Freundin! Nimm ihn bloß nicht mit nach Rio. Lass ihn mir hier."

"Damit ihr euch gemeinsam die Kante gebt? Er kann nicht bei dir bleiben. Ich werde eine andere Lösung finden."

"Wie denn? Du fliegst Morgen nach Rio."

Cecília schwieg dazu, beantwortete die Frage nicht und Amélia fuhr fort: "Ich habe es satt, dass du immer die Beste bist. Das war schon in der Schule so. Und am Telefon erzählst du mir, wie gut deine Praxis läuft."

"Ich habe dafür studiert, gearbeitet. Du hast es vorgezogen, einen reichen, älteren Mann zu heiraten."

"Ich hätte dich damals weiterschlafen lassen sollen. Oder wäre besser gar nicht gekommen."

"Du wirst jetzt ausfallend, gehässig, Amélia. "Was sagst du da!?"

"Ich kann auch noch gehässiger werden. Wenn ich keinen Mann habe, sollst du auch keinen haben."

"Was hast du vor?"

"Das wirst du schon sehen!" Amélia nahm einen Schluck Anisschnaps und begann ein seltsames, unfrohes Lachen. Cecília verließ ohne etwas zu sagen die Küche, ging ins Wohnzimmer. Nicolai schlief noch. Sie rüttelte ihn an der Schulter. Er schlug die Augen auf, sah sie fragend an.

"Wir müssen weg, Nicolai. Kaffee in Lissabon."

"Was ist denn passiert?"

"Das erzähle ich dir unterwegs."

14

Sie verließen das Haus, während Amélia noch in der Küche saß. "Gut, dass der Koffer im Wagen geblieben ist und du keinen Rucksack mehr hast", sagte Cecília.

"Was ist denn passiert?", fragte Nicolai. "So dramatisch! Das ist ja wie eine Flucht."

„Amélia ist mir unheimlich geworden. Ich weiß nicht, was sie anstellen will. Auf jeden Fall nichts Gutes. Ich erzähle dir das im Auto. Jetzt müssen wir sofort weg."

Cecília hatte den Wagen vor dem Haus geparkt. Sie stiegen ein, sie startete den Motor, fuhr los.

„Amélia sitzt in der Küche", begann sie zu erzählen. „Sie raucht Cannabis und trinkt Anisschnaps. Sie ist mir gegenüber sehr ausfallend geworden und hat mir sogar gedroht. Ich halte sie für unberechenbar, weiß nicht, was sie vorhat, was im Moment mit ihr passiert. Sie hat sich sehr verändert. So kenne ich sie gar nicht. Du musst dazu wissen, dass Enzo Sportschütze und Jäger war oder noch ist. Im Keller des Hauses befindet sich ein Waffenschrank. Er war ein Waffennarr. Ob er alles mitgenommen hat, weiß ich nicht. Es könnte noch ein Gewehr oder eine

Pistole da sein. Amélia hat auf jeden Fall Zugang zu dem Schrank. Sie kennt den Code."

„Meu deus!" sagte Nicolai. „Verstehe. Was für eine Geschichte! Was hat sie denn vor?"

"Wie gesagt, das weiß ich nicht. Aber bestimmt nichts Gutes. Die Frau ist völlig durch den Wind. Ich weiß nicht, was es ist. Frust, Verzweiflung. Sie scheint sehr unzufrieden mit ihrem Leben zu sein. Das ist mir in der Nacht schon bei ihren unverblümten Kommentaren aufgefallen."

„Mir auch. Du bist gerade ins Gästezimmer gegangen, da hat sie zu mir gesagt: ´Junger Mann, Sie wissen, wo Sie mich finden."

„Und? Warst du bei ihr?"

„Ach was! Sie ist gar nicht mein Typ. Sie ist mir zu direkt. Wir kennen uns erst ein paar Stunden und dann sagt sie sowas. Ich habe das zunächst dem Vinho Verde zugeschoben. Sie hat ja mehr getrunken als wir. Zwei Flaschen. Das ist mir nicht entgangen. Ist schon richtig, dass wir jetzt wegfahren. Und wir kommen nicht mehr zu ihr zurück?"

„Nein, auf keinen Fall."

15

„Seltsames Gefühl" sagte Nicolai, als sie auf die Brücke Vasco da Gama fuhren. „Nachher kommen wir an dem Pylon vorbei, wo ich auf dem Geländer gesessen habe."

„Wärst du wirklich gesprungen?" fragte Cecília.

„Kann ich nicht beantworten. Es kommt mir jetzt absurd vor. Gut, dass nur mein Rucksack im Tejo gelandet ist. Nicht so schlimm. Da war nur eine Flasche mit Wasser drin und ein paar Kleidungsstücke."

„Ach ja, Kleidung. Zuerst müssen wir Schuhe kaufen. Du bist immer noch barfuß. In Rio an der Copacabana würde das nicht auffallen. Aber hier in Lissabon, weiß ich nicht."

„Wie kann ich dir das Geld zurückgeben? Es ist mir unangenehm, wenn du für mich bezahlst."

„Mach dir darüber keine Gedanken. Ich tue es gerne. Ich habe die Erfahrung gemacht, der Gebende ist der eigentlich Beschenkte. Es ist ein gutes Gefühl. Ich fühle mich auch verantwortlich für dich. Ich will, dass es dir gut geht."

Als sie in Höhe des Pylons waren, fragte sie: „Es hat außer mir niemand gehalten?"

„Niemand. Es sind auch nur wenige Wagen gewesen. Es war ja zwei Uhr nachts, und ich habe mich nur ein paar Minuten bevor du kamst auf das Geländer gesetzt. Aber in dieser Zeit lief mein Leben wie im Zeitraffer an mir vorbei. Und dann war da auch diese Vision der Blitze im Wasser. Ich habe sie mir als Atomschläge gedeutet. Ein Menetekel im Tejo. Wenn Europa weiter so stur ist und den Dialog verweigert, wird es Krieg geben. Du bist da Gott sei Dank weit vom Schuss. Brasilien wird nichts passieren."

„Wer weiß!? Vielleicht wollen die Amerikaner nicht nur Grönland und Panama, sondern auch Amazonien. Die Welt ist sehr unsicher geworden. Aber was soll es!? Wir können es nicht ändern. Denken wir an das Naheliegende. Schuhe, Kleidung, Kaffee. Ich kenne ein Parkhaus ganz in Nähe der Rua Augusta. Dann ist es nur ein kurzes Stück zu Fuß. Den Kaffee trinken wir am Fähranleger. Da hat man einen schönen Blick auf den Tejo und das gegenüber liegende Albama. Einverstanden mit dem Programm?"

„Aber ja. Ich liebe deine Gesellschaft."

16

In einem der Schuhgeschäfte der Rua Augusta bemerkte Cecília, wie er sich hellbraune Mokassins aussuchte und anprobierte, sie aber wieder zurückstellte. „Nicolai", sagte sie. „Achte bitte nicht auf den Preis. Du musst nehmen, was dir gefällt. Diese Schuhe stehen dir gut. Also nimm sie! Und ein paar Strümpfe dazu."

Die nächste Station war eine Herrenboutique. Hier entschied er sich für eine beige Leinenhose und ein hellgrünes Hemd mit umgeschlagenen Ärmeln und versteckten Knöpfen. „Ja", meinte Cecília, „mit der Kombination kannst du überall auftauchen. Am Strand, auf Reisen, auf einer Party, beim Dating und sogar auf einer Hochzeit. Jetzt fehlt noch eine Jacke oder ein Jackett. Deine alte Jeansjacke kannst du hier lassen. Enzos Sachen sowieso."

Er hatte seine Jacke abgelegt. Cecília nahm sie, gab sie zusammen mit Enzos Hemd und Hose der Verkäuferin. „Lassen wir hier", sagte sie.

„Nein, nein, Augenblick", schaltete sich Nicolai ein. „In der Brusttasche ist noch mein Reisepass."

„Oh, gut", meinte Cecília und lächelte. „Den nehmen wir natürlich mit."

Bei den Jacken war er unschlüssig, bis Cecília ihm vorschlug: „Nimm die hellgraue aus leichtem Cord. Sie passt farblich und sieht sportlich und elegant aus."

Er folgte ihrem Rat und als er so komplett eingekleidet vor ihr stand, sagte sie: „Oh, ein neuer Mann. Jetzt können wir das beste Café in Lissabon aufsuchen und der Portier im ´Hilton` würde sich vor uns verneigen."

Sie verließen die Boutique, gingen die Rua Augusta hinunter Richtung Tejo und Praça do Comercio. Sie erreichten den Arco da Rua Augusta, wo man früher die von ihren Entdeckungsreisen heim-kehrenden Seefahrer empfangen hatte. Als Nicolai neben Cecília durch den Bogen ging, empfand er plötzlich eine tiefe Zeitlosigkeit. Aus seinem Gehen wurde neben ihr ein Schreiten und der seltsame Satz fiel ihm ein: „Der Anruf der Liebe ist der Anruf der Ewigkeit." Er blieb unter dem Bogen stehen, fasste Cecílias Hand, sagte: „Danke für alles!" Er wollte ihre Hand wieder loslassen. Sie aber lächelte: „Du kannst sie ruhig weiter behalten. Es ist angenehm."

Sie überquerten den Praça do Comercio, erreichten die Promenade am Tejo und gingen zu einem Café am Fähranleger. Als sie dort am Tisch saßen und Cecília zwei Kaffee bestellt hatte, holte sie aus ihrer Handtasche das Smartphone, sagte: „Nicolai, das soll jetzt nicht unhöflich sein, aber ich muss meinen Flug umbuchen. Zu Amélia können wir nicht mehr."

Sie tippte, scrollte, schaute konzentriert auf das Display. Nach ein paar Minuten lächelte sie, sagte: „Es geht. Heute Abend um 23.30 Uhr mit TAP nach Rio. Nicolai, möchtest du mit mir fliegen? Ich kann und will dich nicht hier alleine zurücklassen."

17

„Wirklich? Nach Rio? Mit dir? Jaaa!"

„Du kannst bei mir wohnen. Ich habe ein Penthaus in Botafogo. Es ist groß genug. Zwölfter Stock, ganz oben. Von der Terrasse aus hast du einen wunderbaren Blick auf den Hafen mit den

Segelbooten, die Bucht, den Zuckerhut. Im selben Haus habe ich auch meine Praxis."

Sie schob ihre Hand seiner entgegen, umfasste sie, lächelte. „Wir werden uns gut vertragen. Jetzt brauche ich deinen Pass für die Buchung. Gut, dass du den mitgenommen hast und nicht mit dem Personalausweis nach Lissabon geflogen bist."

"Ging nicht anders. Mein Personalausweis ist seit zwei Jahren abgelaufen."

Er holte seinen Reisepass aus der Jackentasche, schob ihn zu ihr rüber. Sie öffnete ihn, sah nach seinem Geburtsdatum.

„Oh, Zwilling. 22. Mai. Ich bin gerade noch Skorpion. 22. November. Aszendent Waage. Das passt zum Zwilling."

„Du glaubst daran?"

„Ein bisschen Aberglauben haben wir doch alle. So, ich werde die beiden Sitze ganz hinten im Flieger nehmen. Die sind fast so gut wie die erste Klasse. Die Bordküche ist direkt hinter uns. Wir werden zuerst bedient. Was möchtest du? Fenster oder Gang?"

„Fenster. Lissabon von oben bei Nacht. Wie lange dauert der Flug?"

„Knapp zehn Stunden. Direktflug. Manchmal bin ich auch mit LATAM, den Brasilianern, geflogen. Aber die haben als Zwischenstopp immer São Paulo. Du musst die Maschine wechseln und einen endlosen Weg zum nationalen Terminal laufen. Die Portugiesen sind zwar teurer, aber bequemer."

"Schön!" sagte er. "Zehn Stunden neben dir. 23.30 Uhr hast du gesagt?"

"Ja. Wir müssten um 21 Uhr im Flughafen sein. Am besten noch um halb Neun. Ich muss ja den Wagen noch zurückgeben."

"Dann haben wir also noch Zeit für das ´Limão´. Das Klavierspiel für dich habe ich nicht vergessen. Es wird einen Samba geben. ´Cheia de Manias´. Singen dazu werde ich nicht. Mit den Tasten kann ich besser umgehen. Ich kenne aber noch eine Textzeile. Domina o meu coração!" – Beherrsche mein Herz!

Er lächelte ihr zu und sie bemerkte, dass seine Augen glänzten und etwas feucht geworden waren.

"Woher kannst du Samba?" fragte sie. "Bei uns in Brasilien endet alles im Samba."

"Das Orchester, in dem ich gespielt habe, war klein, die Bezahlung mäßig. Ich war auch auf private Vorstellungen angewiesen. Geburtstagspartys, Hochzeitsfeiern oder auch Abende mit deutschen Liedern. Am Brunnen vor dem Tore. Sah ein Knab´ ein Röslein steh´n. Und so weiter. Ich brauchte also jenseits der klassischen Musik noch ein anderes Repertoire. Reggae, Tango, Samba, Bossa Nova, die Songs aus der wunderbaren Zeit der Beatles und der Stones. Na ja, und einmal gab es die Einladung einer brasilianischen Millionärin in Koblenz. Goldene Hochzeit. Sie hat sich Samba gewünscht."

"Dann bin ich also gar nicht deine erste Brasilianerin?"

"Wie!?! Doch! Goldene Hochzeit. Die Dame war 85, und der Ehemann war natürlich auch dabei. Aber es war meine erste brasilianische Party. Wunderschön und unvergessen. Total anders als ein Abend mit deutschen Volksliedern."

"Rio wird dir gefallen", sagte sie und begann mit der Buchung.

18

Amélias Gemüt hatte sich verfinstert. Die Gedanken waren bitter. Sie saß immer noch in der Küche. Die Flasche vor ihr war leer. Sie sah auf die Uhr. Halb Drei. Die Beiden würden bald kommen. Die Beiden. Schon wieder! Schon wieder schien Cecília die Erfolgreichere, die Glücklichere zu sein. Die Erinnerung kam zurück. Damals, als sie im ersten Semester mit dem Studium der Kunst angefangen, Ricardo Modell gestanden, sich in ihn verliebt hatte. Aber Cecília war dazwischen gegrätscht und Ricardo, dieser Schuft, war darauf eingegangen. Sie, Amélia, hatte das Studium an den Nagel gehängt, und sich mit Enzo, dem um viele Jahre älteren und reichen Mann begnügt. Liebe war das nicht. Aber es schien ihr bequem zu sein. Sie war gut versorgt. Aber dann war sie Enzo auf die Schliche gekommen. Der führte ein Doppelleben. Es stimmte nicht, dass er manche Nacht im Büro der Firma verbringen musste. Sie hatte das leicht herausgefunden, auf ihr Smartphone von Google eine App heruntergeladen, die seinen Standort und seine Bewegungen verriet. Sie musste dazu nur seine

Handynummer eingeben. Und dass er als Jäger im Tejo-Nationalpark auf Schwarzwild aus war, tagelang wegblieb, war auch nur ein Alibi. In Wirklichkeit war er hinter den Weibern her. Ein Schürzenjäger. Sie hatte ihm keine Szene gemacht, nur die Scheidung und einen luxuriösen Unterhalt verlangt. Sonst hätte sie seine Firma ruiniert und jeder Richter hätte ihr Recht gegeben. Aber was half das Geld!? Zur Zufriedenheit und zum Glück führte es nicht. Auch die Malerei nicht. Die war im Grunde erfolglos. Die einzige Ausstellung und Vernissage hatte Enzo für sie organisiert und wahrscheinlich auch bezahlt. Aus Mitleid? Wahrscheinlich.

Noch eine Flasche? Vorrat hatte sie genug. Aber sie schüttelte den Kopf. Der musste wenigstens zu einem Teil klar bleiben. Sie stand auf, ging in den Keller, wo der Tresor mit dem Schlüssel zum Waffenschrank in der Wand eingemauert war. Den Code hatte sie sich leicht merken können. Enzo hatte sich immer mit Kölnisch Wasser versorgt. Die Codenummer war 4711. Um seine Waffen hatte er sich nicht mehr gekümmert, genauso wie um seine Kleidung und noch einige andere Sachen wie Bücher und Cds. Es war ihm egal. Er hatte ja in Setubal eine zweite Wohnung mit einer zweiten Ausstattung. Geld spielte bei ihm keine Rolle. Als sie den Waffenschrank öffnete, sah sie mit Genugtuung, dass noch alles vorhanden war. Die beiden Jagdgewehre, zwei Pistolen und der Revolver, den er für die Nachsuche bei der Jagd gebraucht hatte. Eine silberfarbene Smith & Wesson, klein, aber tödlich. Ein Päcken mit Patronen lag daneben. Zwei Patronen, was eigentlich für die Aufbewahrung verboten war, steckten noch in der Ladetrommel des Revolvers. Eine Patrone, aus der Nähe abgefeuert, würde reichen. Wenn sie, Amélia, Nicolai nicht bekam, sollte Cecília ihn auch nicht haben. Sie schloss den Waffenschrank wieder, versorgte den Schlüssel im Tresor, ging mit dem Revolver ins Schlafzimmer, legte ihn unter ihr Kissen. Dann begab sie sich wieder in die Küche und heckte einen teuflischen Plan aus.

19

"So, die Buchung ist perfekt", sagte Cecília. "Verzeihung, Nicolai, ich hätte dich fragen müssen, ob du Hunger hast, nicht nur Kaffee willst."

"Alles okay. Amélia hat mich ja in der Küche bestens versorgt. Jetzt, wo du mir das von ihr erzählt hast, kann ich es dir ja sagen. Sie hat mir zu verstehen gegeben, dass ihr Kühlschrank immer bestens für mich gefüllt ist. Bei dir würde ich verhungern. Nicht nur, was das Essen betrifft. Und dann hat sie meine Handgelenke umfasst, gesagt: ´Du hast sehr schöne Hände. Aber damit kann man nicht nur Klavier spielen.`"

Cecília schüttelte den Kopf. "Sie ist ein Biest geworden. So kannte ich sie nicht. Maconha und der Anisschnaps sind wahrscheinlich schuld. Sie scheint sehr unzufrieden mit ihrem Leben zu sein. Nun ja, ich kann es jetzt nicht ändern."

Sie nahm eine Speisekarte, die am Rand des Tisches lag, studierte sie. "Was hältst du von einem Mexican Burger?" fragte sie. "Für den ersten Hunger. Später im Limâo schlagen wir richtig zu."

"Ja, gerne. Was das Essen betrifft, habe ich einiges nachzuholen. Die letzten fünf Tage waren eine Art Fastenzeit. Sehr vitaminreich, geklaute Orangen, Kirschen, Äpfel und ein paar Gurken. Und einmal habe ich mich bei einer Avocadofarm bedient."

Gegen halb Fünf verließen sie das ´Café do Rio´. "Wir müssen mit dem Wagen hinfahren", sagte Nicolai. "Es sind ein paar Kilometer Richtung Flughafen. Wir nehmen die Avenida da Liberdade. Sie führt direkt zum Limão."

In der Rooftop-Bar angekommen, nahmen sie einen Tisch am Rand der Dachterrasse, hatten von dort einen Ausblick über Lissabon und die Mündung des Tejo in den Atlantik. Die Bedienung kam, und Nicolai erschrak. Es war Paula. Dass sie wieder im Limão arbeitete, hatte er nicht gewusst. Paula stutzte, sah ihn verwundert an.

"Oh, es geht dir sichtlich besser", bemerkte sie. Und mit einem abschätzenden Blick auf Cecília meinte sie: "Du hast jetzt eine Neue? Die da."

"Das geht dich gar nichts an", antwortete Nicolai. "Du bist vor vier Jahren laufen gegangen und dabei bleibt es. Sie spricht übrigens auch Portugiesisch und versteht, was du sagst."

Mit einer etwas geringschätzigen Geste reichte sie den Beiden eine Speisekarte und sagte zu Cecília: "Passen Sie gut auf sich auf. Es ist ganz schlimm mit ihm."

Cecília lächelte und antwortete: "Es ist noch viel schlimmer. Ich liebe ihn."

Als sich Paula entfernt hatte, sagte Nicolai: "Den Samba für dich hole ich lieber in Rio nach. Sie wird eine Szene machen, wenn ich mich hier wieder ans Klavier setze."

20

Gegen Vier am Nachmittag ging Amélia noch einmal in den Keller, kam mit einer Leiter hoch, begab sich ins Schlafzimmer, stellte die Leiter unter die Deckenlampe, lockerte die Birne in ihrer Fassung, so dass sie, knippste man das Licht an, nicht mehr brannte. Ihr Plan war fertig. Sie würde Cecília in den Supermercado zum Einkaufen schicken und Nicolai bitten, ihr beim Wechseln der Birne zu helfen. Sie rechnete damit, dass er den Lichtschalter betätigen würde, um zu sehen, ob die Birne wirklich defekt war. Sie würde ihn bitten, die Leiter zu halten, während sie die Sprossen hochstieg. Sie hatte sich einen kurzen, schwarzen Lederrock angezogen und trug darunter einen roten Slip. Die Smith&Wesson würde sie unter ihrer Bluse versteckt haben. Die ließ sich leicht unter die Achsel klemmen. Auf der ersten oder zweiten Sprosse würde sie den Revolver hervorholen, sich umdrehen und Nicolai erschießen. Es musste auf jeden Fall nahe genug sein. Danach würde sie ihn auf das Bett zerren, ihm die Hose herunterziehen und Cecília und der Polizei gegenüber behaupten, Nicolai habe ihr, als sie auf der Leiter stand, unter den Rock geguckt und sei wild geworden, hätte sie heruntergezerrt, auf das Bett geworfen und versucht, sie zu vergewaltigen. Da habe sie den Revolver unter dem Kissen hervorgeholt, ihn gewarnt, aber er habe versucht, ihr die Waffe aus der Hand zu schlagen. Dabei habe sich unglück-licherweise ein Schuss gelöst und ihn getroffen. Das war ein eindeutiger Fall von Notwehr. Auf die Frage, warum sie einen Revolver unter dem Kopfkissen hätte, würde sie antworten: "Es ist schon einmal vorgekommen, dass jemand versucht hat, nachts durch das Fenster in mein Schlafzimmer zu steigen. Mein Mann ist Sportschütze und Jäger. Da habe ich mir die Smith&Wesson zum Schutz aus dem Waffenschrank genommen."

Amélia hielt diese Version, die sie sich ausgedacht hatte, für unwiderlegbar. Auch der geschickteste Pathologe würde nicht den wahren Hergang beweisen können. Man konnte ihr höchstens den Vorwurf machen: "Wenn man auf eine Leiter steigt und unten steht ein Mann, darf man sich nicht so sexy anziehen. Das müssten Sie doch wissen." Klar wusste sie das. Aber es war nicht strafbar.

Um 21 Uhr wartete sie immer noch auf die Beiden. Es war inzwischen dunkel geworden. Sie holte ihr Smartphone, gab bei der App von Google Cecílias Handynummer ein, um herauszufinden, wo sie war. Nach nur einer Minute wusste sie es. Cecilía war im Flughafen, im Aeroporto Internacional de Lisboa. Sie flog also nach Rio de Janeiro zurück. Ob Nicolai bei ihr war? Vielleicht aber hatte sie ihm Geld gegeben, gesagt: "Fahr mit dem Taxi zu Amélia! Da hast du ein Dach über dem Kopf. Ich kann dich nicht mitnehmen."

Doch so, wie sie Cecília kannte, war das eher unwahrscheinlich. Die Beiden waren ja am Morgen einfach so gegangen, ohne sich zu verabschieden oder etwas zu sagen. Wie bei einer Flucht. Als sich um elf Uhr die Glocke an ihrer Haustür immer noch nicht gemeldet hatte, ging sie ins Schlafzimmer, packte die Leiter, trug sie in den Keller zurück. Die Smith&Wesson ließ sie unter dem Kissen liegen. "Ich weiß ja, wo du wohnst, Amiga", murmelte sie auf der Treppe.

21

Er lehnte sich lächelnd in seinem Sitz zurück, als der Schub der Turbinen kam, die Maschine beschleunigte, abhob, an Höhe gewann. Unter sich sah er die Lichter Lissabons und kurz danach die Mündung des Tejo. Die schier endlose Weite des Atlantik kam. 5600 Kilometer, bis bei Recife die brasilianische Küste auftauchen würde. Zehn Stunden voller Glück, neben ihr sitzen zu können. Am Horizont sah er die Schale des Mondes. Die Venus war noch ein Stück enger hineingerückt. Cecília hatte ihm den Mut zurückgegeben, den Lebensmut. Ein Spruch des alten Goethe fiel ihm ein. ´Gut oder Geld verloren, nichts verloren. Ehre verloren, viel verloren. Mut verloren, alles verloren.´ Auch das Gefühl für die Ehre hatte sie wieder in ihm geweckt, gesagt: "Wir finden etwas Passendes in Rio für dich. Du hast das Spielen nicht verlernt."

Im Duty Free Shop hatte Cecília zwei kleine Flaschen chilenischen Rotwein gekauft und mit an Bord genommen und im Netzfach vor ihrem Sitz verstaut. Sie reichte Nicolai eine. Sie schraubten die Verschlüsse auf, stießen heimlich in Kniehöhe mit den Flaschen an. "Wahrscheinlich ist es verboten", flüsterte Cecília. "Aber sie können uns jetzt ja nicht mehr rausschmeißen. Saúde, Nicolai! Ich freue mich, dass du neben mir sitzt."

"Ich wundere mich noch immer", sagte er, "dass es so gekommen ist. Statt da unten im Atlantik zu treiben, sitze ich jetzt in 10 000 Metern Höhe neben einer Frau, die mir das Leben gerettet hat. Die Welt ist manchmal voller Wunder und überraschender Wendepunkte. Ich weiß gar nicht, wie ich das benennen soll. Vielleicht als magischen Realismus. Da fällt mir die Geschichte von Clara ein. Auch so ein seltsames Erlebnis, das man kaum glauben möchte."

"Wer ist Clara?"

"Clara, die Eule. Das war so: Nach meinem Rausschmiss aus dem Orchester wollte ich eine Symphonie komponieren. Die meisten Einfälle dazu kamen mir nachts. Es war Sommer. Ich setzte mich ans Klavier, probierte Akkorde aus und Melodienläufe, notierte die Noten. Die Tür meines Balkons war geöffnet. Da sah ich, wie sich eine Eule auf das Geländer setzte, den Kopf schräg legte und mich ansah. Sie kam mehrere Nächte hintereinander. Ich hatte ihr Stückchen von Hühnerfleisch auf das Geländer gelegt. Aber sie hat nichts davon genommen. Sie wollte nur Musik hören. Da habe ich sie Clara genannt. Nach der Pianistin Clara Schumann."

"Eigentümliche Geschichte. Aber so etwas gibt es. Wir kennen das aus der Psychologie von Gustav Jung, einem Schüler Freuds. Ein Frau erzählt ihm, sie hätte von einem goldenen Käfer geträumt. Und genau in dem Moment fliegt ein goldener Scarabäus gegen die Fensterscheibe. Jung nannte das ´Koinzidenz`. Vielleicht war das bei uns ähnlich. Was hattest du gesagt? Zufall, Fügung, Schicksal, dass ich im richtigen Moment gekommen bin? Es war diese Koinzidenz, die man nicht erklären kann. Unsere

Erklärungen, unsere Ratio haben Grenzen. Du wirst niemals beweisen können, dass es einen Zusammenhang gibt zwischen dem Anzünden der Kerze in Fatima und meinem Auftauchen zur rechten Zeit."

Irgendwann, nachdem eine Stewardess das Menü serviert hatte, war Cecília eingeschlafen. Sie hatte ihren Kopf an seine Schulter gelehnt. Ein Lächeln schien ihre Lippen zu umspielen. "Sie ist wie eine schlafende Venus", dachte Nicolai. Er empfand eine rätselhafte Schönheit in ihrem Gesicht, wie sie kein Michelangelo hätte malen können.

22

Nicolai war hellwach. Er stellte Betrachtungen über den Ungehorsam an, überlegte, was wäre gewesen, hätte er am Klavier die Maske getragen, hätte Gehorsam gezeigt, wäre den vom Staat verhängten Verordnungen gefolgt. Er hätte diese wunderbare Frau an seiner Seite nie kennengelernt. Vielleicht wäre er auch gar nicht mehr am Leben. Corona hatte das Symphonie-Orchester dezimiert. Ein Kollege war unmittelbar nach der Impfung auf die Intensivstation gekommnen und gestorben. Zwei andere waren wegen der Aufregung in dieser Zeit vom Herzinfarkt dahingerafft worden. Er dagegen hatte sich geweigert, sich dieses rasch entwickelte Zeug spritzen zu lassen. Lieber leiden und sich als Querulant, Quertreiber, Unruhestifter beschimpfen lassen, hatte er gedacht. Wie immer gab es Profiteure der Krise. Hersteller des Impfstoffes, Produzenten von Masken, Apotheken. Selbst das Ordnungsamt schrieb schwarze Zahlen, und auch die Fabrikanten für Klopapier durften sich die Hände reiben. Die Deutschen neigten zur Vorratshaltung, horteten die weißen Rollen. Virenforscher hatten Hochkonjunktur, durften in ihren Labors immer neue Varianten entdecken, die Leute damit ängstigen und sich in Talkshows produzieren. Er hatte Cecília gefragt: "Hast du dich impfen lassen?" Sie hatte nur knapp geantwortet: "Nein, mein Immunsystem ist mir heilig." Eine kluge Frau mit ungewöhnlichen Einsichten. Als er ihr seine Dankbarkeit erklären wollte, hatte sie gesagt: "Nicolai, lass das! Es hebt sich auf. Ich bin dir auch dankbar. Da höre ich mir drei Tage auf der Konferenz das Geschwätz international kluger Leute an und du zeigst mir einfach durch die Begegnung mit dir, was diese Sapiosexualität wirklich ist. Sie ist nichts anderes als die Einsicht in die Liebe. Wendet sie sich nur dem Körper zu, geht sie in die Irre. Orientiert sie sich nur am Intellekt ebenfalls. Es kommt also auf die Balance an, auf beides. Ich hätte mir die Konferenz sparen können, aber nicht die Begegnung mit dir."

Sie hatte immer noch ihren Kopf an seine Schulter gelegt. Er betrachtete dieses raffinierte Kleid, das sie trug. In Schwarz und Rot mit den Netzteilen an Armen und den schönen, langen Beinen. Beabsichtigt sexy oder in aller Unschuld getragen? Die Vorstellung, mit ihr zu schlafen, irgendwann würde es ja passieren, machte ihn unruhig und sehnsüchtig zugleich. In Gedanken malte er sich aus, wie er mit einem fast andächtigen Gefühl das Kleid hoch- und den Slip herunterstreifen würde, um ihren Tempel mit der Zunge zu liebkosen. Dann aber verscheuchte er seine unziemlichen Gedanken, zog vorsichtig, so dass ihr Kopf nicht von seiner Schulter rutschte, seine Decke aus dem Netzfach, entfaltete sie und legte sie behutsam über ihre Beine und den Schoß. Eine Weile sah er weiter in die Nacht hinaus, in diesen dunklen und zugleich samtblauen Himmel mit den leuchtenden Sternen.

23

Irgendwann war auch er eingeschlafen. Tief und traumlos. Und tatenlos, wie er glaubte, bis ihm Cecília auf die Schulter tippte, ihn anlächelte und sagte: "Schön, wo du deine Hand hast. Aber gleich kommt die Stewardess. Es gibt Frühstück."

"Was? Meine Hand?" Und da bemerkte er, dass seine Hand unter ihrer Decke war und er ihren Schoß presste. "Oh!" murmelte er verlegen. "Habe ich noch mehr angestellt?"

"Nein, leider nicht. Aber wir landen in anderthalb Stunden."

Er verstand dieses ´Aber` nicht, sah auf seine Uhr, dann durch das Fenster, wunderte sich über die Dunkelheit. "Ach so", sagte er dann. "Brasilien ist ja fünf Stunden zurück. Habt ihr auch Winter- und Sommerzeit?"

"Nein. Diesen Blödsinn haben wir abgeschafft."

Die Maschine ging tiefer, näherte sich Galeão, dem Internationalen Flughafen von Rio. Jetzt sah er unter sich den beleuchteten Zuckerhut, die Bucht von Rio, den Christus mit den ausgebreiteten Armen. Es gab einen Ruck. Der Airbus setzte auf.

"Bemvindo no Rio!" sagte Cecília. "Wenn wir zur Passkontrolle kommen, gibst du mir bitte deinen Reisepass. Wir stehen nebeneinander. Ich lege beide Pässe zusammen vor. Ich weiß nicht, ob sie von dir ein Rückflugticket verlangen werden. Deine Einreise könnte verweigert werden. Aber wenn sie sehen, dass du mit einer Brasilianerin da bist, werden sie keine Schwierigkeiten machen."

Der Beamte in der Kontrollkabine hatte tatsächlich kein Interesse daran, Probleme zu bereiten und drückte, Nicolai kurz ansehend, den Stempel in den Pass.

Da Cecília nur einen kleinen Rollkoffer als Handgepäck hatte und Nicolai gar nichts, mussten sie nicht zu den Gepäckbändern, waren rasch draußen bei den gelben Taxis. "Lass dir nicht anmerken, dass du Ausländer bist", sagte sie. "Dann wird es nämlich teurer." Sie nannte ihre Adresse, handelte mit dem

Fahrer über den Preis, war mit 70 Reais einverstanden. Sie setzten sich beide auf den Rücksitz, hielten sich während der Fahrt an den Händen. Nach ein paar Kilometern sagte Nicolai: "Ob ich hier jemals fahren werde? Ziemlich heißer Verkehr. Die Motorradfahrer sind irre, schießen links und rechts an einem vorbei. Unseren Fahrer scheint das aber nicht zu beeindrucken."

"Du wirst dich auch noch daran gewöhnen", meinte Cecília. "Warte es ab!"

24

In Botafogo hielt das Taxi vor einem Hochhaus. "Rua São Clemente 230", sagte Cecília zu Nicolai. "Merke dir bitte die Adresse, damit du mir nicht verloren gehst." Sie bezahlte den Fahrer. Der stieg mit aus, hob ihren Rolli aus dem Kofferraum, verabschiedete sich mit einem Lächeln. "Zuerst muss ich dich jetzt bei der Rezeption anmelden", informierte sie ihn. "Wir haben hier einen 24 Stunden Service. Der Portier wechselt alle acht Stunden. Du wirst fotografiert, mit deinem Namen im Computer verstaut und hast dann immer freien Zutritt. Das ist hier wegen der Sicherheit so. Rio ist nicht nur ein Paradies."

An der Rezeption stellte sie ihn vor. " Er wohnt jetzt bei mir." Der Portier machte ein Foto von ihm. Nicolai studierte die Tafel, die im Foyer die Namen der Bewohner und das Stockwerk angab. Cecília hatte im ersten Stock ihre Praxis und ganz oben, im zwölften, ihr Penthaus. Auf dem Praxisschild las er: ´Dra. Cecília Conçalves – Terapeuta`. Darunter waren ihre Sprechstunden angegeben. Montag bis Dienstag und Donnerstag bis Freitag jeweils von 8 bis 12 und von 14 bis 18 Uhr.

"Du hast mir gar nicht gesagt, dass du Doctora bist", meinte er zu ihr.

"Wozu auch?" antwortete sie. "Für dich bin ich in erster Linie eine Frau."

Sie wandte sich wieder an den Portier. "Löschen Sie bitte als Gast Amélia Alves. Sie darf keinen Zutritt mehr zu meiner Wohnung haben."

Sie nahmen den Lift. Oben angekommen, entriegelte sie die Tür zu ihrem Penthaus. "Du bekommst natürlich auch einen Schlüssel", sagte sie zu Nicolai. "Aber jetzt zeige ich dir erst einmal die Räume."

Beim Betreten des Wohnzimmers staunte er über die großen Fensterfronten mit dem Zugang zur Terrasse. Lichtdurchfluteter Luxus. In einem der insgesamt fünf Zimmer sagte sie: "Das ist mein Büro. Aber ich benutze es kaum. Ich habe ja unten die Praxis. Du kannst es dir einrichten, wie du willst. Du kannst auch den Computer benutzen."

Vor einem bunten Fenster mit einem romanischen Bogen blieb er wie gebannt stehen, betrachtete die Glasmalerei, auf der eine junge Frau in einem langen saphirblauen Kleid dargestellt war. Ihre Hände ruhten auf der Tastatur einer Orgel. Ihr schulterlanges, kastanienbraunes Haar war von einem rubinroten Heiligenschein umgeben.

"Wow!" sagte er. "Das ist ja die römische Cecília. Wo hast du das denn her?"

"Habe ich nach einer Ikonographie anfertigen lassen. Ist doch ein geeignetes Zimmer für einen Pianisten. Oder nicht?"

Er schwieg, staunte nur.

"Ich brauche jetzt erst einmal eine Dusche", sagte sie. "Du kannst dich in der Zeit auf der Terrasse umsehen und den

Ausblick auf den Zuckerhut und die Guanabarra Bay genießen."

25

Während sie duschte, ging er auf die Terrasse, bewunderte die Blumen und Pflanzen in den terracottafarbenen Tontöpfen. Die Rosen, die Bougainvillea, den Hibiskus, die Flamingoblumen, das rotflammende Käthchen, den spanischen Pfeffer und die Farne. In den größeren Trögen wuchsen Palmen und Araukarien, deren tannenartige Zweige zu beiden Seiten so symmetrisch ausluden, als hätte man zwei Harfen zusammengefügt. Am Rand der Terrasse gab es eine an zwei Seiten von Bambus umgebene und mit einem Sonnenschirm überdachte Sitzecke. Er ging dorthin, sah auf die in der Sonne glänzende Bucht, die Segelboote, den Zuckerhut und war überwältigt von der Schönheit des Panoramas. Schön und mächtig wie Musik, dachte er. Wie die Sinfonie, die ich hier zu Ende schreiben werde. Der erste und der zweite Satz sind fertig. Der erste hat als Thema die heranschwebende Sehnsucht, wie das

Werben um eine Frau, mal sanft, leise, zärtlich, dann wieder wild, stürmisch, voller Leidenschaft. Der zweite mit seinen Akkorden handelt von der Verzweiflung. Der dritte soll ein Hymnus werden, ein Dank. Bem-Vindo no Brasil. Cecília wird mir Notenbögen besorgen und dann werde ich unter dem bunten Fenster komponieren. Die Melodien und Tonfolgen sind noch in meiner Erinnerung.

Er war so in Gedanken versunken, dass er nicht bemerkte, dass Cecília auf die Terrasse gekommen war. Als sie mit ihren Armen seine Taille umfasste und sagte: "Großartig, nicht wahr!" drehte er sich um. Sie stand vor ihm, trug ein transparentes, schwarzes Nachthemd. Mit seinen Händen umfasste er ihr Gesicht, küsste sie lang und leidenschaftlich. Als er sich von ihr löste, bemerkte er, dass ihre Augen glänzten und nicht mehr diesen leicht melancholischen Blick hatten wie zuvor.

Sie fasste seine Hand. "Komm, gehen wir ins Schlafzimmer!"

Dort zogen sie sich aus, und als er nackt vor ihr stand, gab sie ihm einen Stoß, so dass er auf das Bett fiel. Sie setzte sich auf ihn und begann einen wilden Ritt, während er mit ihren Brüsten spielte, die groß und fest waren wie reife Mangos. Oh, ist das schön, dachte er. Und lange, viel zu lange entbehrt. Eben habe ich im Fenster noch die heilige Cecília gesehen, jetzt erlebe ich die leidenschaftliche. Aber passt nicht Beides wunderbar zusammen!?"

"Sag meinen Namen oder schrei ihn, damit ich weiß, dass ich nicht träume!"

Er hatte das kaum gesagt, da warf sie ihren Kopf in den Nacken und stöhnte: "Nicolai, ich komme!" Dann sank sie auf ihm zusammen, schmiegte sich an seine Brust, während er sich mit den Händen in ihrem Haar verwühlte und sich, die Augen schließend, in ihr ergoss.

26

Sie wiederholten ihr Liebesspiel noch einige Male, bis sie schließlich erschöpft einschliefen. Nach ein paar Stunden wurde Cecília wach, sah auf ihre Armbanduhr und flüsterte Nicolai ins Ohr: "Querido, der Kühlschrank ist leer. Ich fahre jetzt zum Supermarkt. Und für dich muss ich noch einige Sachen besorgen, eine leichtere Kleidung. Hier in Rio haben wir oft Temperaturen von 30 oder sogar 35 Grad."

Er hatte gehört, was sie sagte, schlug die Augen auf. "Gib bloß nicht zu viel Geld für mich aus! Das macht mich verlegen, ist mir nicht recht."

"Zerbrich dir darüber nicht den Kopf. Du wirst Arbeit bekommen und kannst es mir dann, wenn du willst, wiedergeben."

Sie stand auf, ging zum Kleiderschrank, wählte ein langes, türkisfarbenes Kleid und rote Sandaletten, kam zu ihm, drückte ihm einen Kuss auf die Lippen.

"Du siehst hinreißend aus", sagte er. "Komm bitte bald zurück!"

Sie lächelte. "Wir haben noch den ganzen Abend und die kommende Nacht."

Als sie nach anderthalb Stunden mit Einkaufstüten beladen zurückkam, saß er in der Küche und hatte sich einen Kaffee zubereitet.

"Du hättest mich mitnehmen sollen", meinte er.

"Ach was! Das schaffe ich auch alleine."

Als sie auspackte, erschienen auf dem Küchentisch zwei knielange Bermudas, vier T-Shirts, zwei Paar Flip-Flops – Havaianas – und zwei Badeshorts. Aus ihrer Handtasche zog sie ein Bündel grüner Hunderter, drückte sie ihm in die Hand.

"Du sollst dich frei fühlen und hier nicht ohne Geld herumlaufen."

Er schüttelte verwundert den Kopf. "Du musst sehr reich sein."

"Bin ich auch. Aber das erkläre ich dir heute Abend. So, vom Supermarkt haben wir Käse, Schinken, Salami, Ciabatta, Butter, Tomaten, Oliven und Wein. Zweimal rot und zweimal weiß. Das reicht für ein Picknick auf der Terrasse. Was du besonders gerne isst, muss ich noch herausfinden. Der Wein kommt aus Chile. Wir Brasilianer sind eher berühmt für Kaffee."

"Du machst mich verlegen. Wenn das so weitergeht, muss ich zu dir in die Praxis, in deine Sprechstunde."

"Untersteh dich! Deine Therapie ist beendet."

27

Cecília räumte die Flip-Flops und die Textilien vom Küchentisch. "Ich mache für dich eine Abteilung im Kleiderschrank frei. Da findest du dann alles."

Als sie zurückkam bereitete sie sich auch einen Kaffee, setzte sich zu ihm. "Ich habe eine schlechte Nachricht für dich. Der Flughafen in Rio schreibt Rekordzahlen. Ich habe das unterwegs im Radio gehört."

"Warum schlechte Nachricht?"

"Viele Deutsche scheinen ihr Land zu verlassen. An der Attraktivität der Copacabana wird es nicht liegen. Die Kriegsgefahr hat zugenommen. Euer Kanzler will weit reichende Taurus-Raketen in die Ukraine liefern. Eine Brücke zur Krim soll zerstört werden. Die Russen haben erklärt, das bedeute Krieg mit der Otan."

"Otan?"

"So heißt die Nato bei uns. Vor dem ersten Weltkrieg sind viele Deutsche nach Brasilien gekommen. Beim zweiten auch. Und jetzt geschieht das wieder. Kein gutes Zeichen. Deine Prognose scheint zu stimmen."

"Ich kann das Verhalten der Europäer und besonders der Deutschen nicht verstehen. Sie unterlaufen die Friedens-bemühungen des amerikanischen Präsidenten. Der hat gesagt, drei Menschen seien schuld, wenn Millionen umkommen. Schuld an diesem Krieg seien die Präsidenten von Russland, der Ukraine und sein Vorgänger im Weißen Haus. Ich glaube, in diesem Punkt hat er recht. Bei einem Krieg mit Russland wird er sich von der Nato verabschieden und als stärkster Bündnispartner nicht eingreifen. Europa überschätzt sich. Sie spielen mit dem Feuer, setzen unser Leben aufs Spiel. Ich habe dir ja vom Currington-Effekt erzählt. Eine Atombombe reicht, um das deutsche Leben lahmzulegen. Ich möchte nicht dabei sein, was dann passiert. 72 Stunden Vorratshaltung reichen bestimmt nicht aus. Ich könnte zynisch werden und sagen, um mein Zimmer muss ich mich dann nicht mehr kümmern. Haben wir wirklich eine Demokratie? Solche Pläne muss der Kanzlerkandidat vor den Wahlen verkünden und nicht erst danach die wirklichen Karten auf den Tisch legen. Es wird auch immer gefährlicher, Politiker zu kritisieren. Bezeichnet man zum Beispiel einen als ´Schwachkopf´, dann kommt es, obwohl der Begriff stimmen könnte, zu einer Hausdurchsuchung. Oder nennt man eine Politikerin, so ist es ja vorgekommen, eine `Märchenerzählerin´ hat man einen Prozess am Hals. Aber ich gehe jetzt duschen, ziehe mich um, nehme die Bermuda-Shorts in den Jamaica-Farben und diese schönen, bunten Havaianas und dann machen wir heute Abend unser Picknick auf der Terrasse, trinken Wein und hören Reggae oder Samba. Und mal sehen, was sonst noch so passiert."

28

Sie hatte den Tisch draußen auf der Terrasse gedeckt, serviert, was sie im Supermarkt gekauft hatte. Er war für den Weißwein zuständig, hatte die Flasche chilenischen ´Casa Silva´ entkorkt und zwei Gläser gefüllt. Die Dämmerung würde bald einsetzen. Cecília sah auf die Uhr und sagte: "Pedro kommt gleich. Er bringt seine Frau mit. Sie kommen immer um die gleiche Zeit."

"Wir bekommen Besuch?" fragte er überrascht?"

"Ja. Aber du wirst nicht unterscheiden können, wer der Mann und wer die Frau ist." Sie lächelte über sein Stirnrunzeln und die fragende Miene, die er aufsetzte.

"Was ist das denn für ein Pärchen? Und wie soll ich das verstehen? Immer um die gleiche Zeit?"

"Siehst du die Tankstelle dort an der Araukarie?" Sie zeigte zum linken Rand der Terrasse.

"Tankstelle?"

"Die kleine, durchsichtige Plastiksäule, die dort hängt. Sie ist mit Zuckerwasser gefüllt. Unten, rund um die Säule, läuft ein Ring mit künstlichen Blumen, die eine Bohrung nach innen zur Säule haben. Normalerweise fliegen sie nicht so hoch. Aber einmal hat sich ein Kolibri hierhin verirrt. Jetzt kommt er immer wieder und bringt auch seine Frau mit. Immer um die gleiche Zeit. Ich habe den Kolibri einfach ´Pedro´ genannt, obwohl ich nicht weiß, ob es ein Männchen oder Weibchen ist. Die Beiden unterscheiden sich in der Färbung. Du wirst sie gleich sehen. Sie sind pünktlich wie die Uhr. Wahrscheinlich haben sie ihr Nest nebenan in dem kleinen Park."

Ein paar Minuten später sah er zwei Kolibris heranfliegen. Wie Hubschrauber blieben sie an der Säule mit schwirrenden Flügeln in der Luft stehen, steckten ihre langen, spitzen Schnäbel in die Bohrungen der künstlichen Blumen. Als sie genug getrunken hatten, schossen sie wie zwei kleine Raketen blitzschnell wieder davon.

"Das sind Flugkünstler", sagte Cecília. "Sie können auch seit- und rückwärts fliegen. Hast du die verschiedenen Farben erkannt?"

"Ja, der eine war türkis gefärbt. So ungefähr wie dein Kleid. Das war wegen seiner Schönheit bestimmt das Weibchen. Der andere war mehr grau getönt. Wird das Männchen gewesen sein."

"Stell nicht die Natur auf den Kopf. Bei den Vögeln sind in der Regel die Männchen bunter und schöner. Das liegt daran, dass nur die auffälligsten vom Weibchen angenommen werden."

29

Die Dämmerung kündete sich an. Von der westlichen Seite der Terrasse konnte man sehen, wie die Sonne am Horizont versank und die Christusstatue in ein letztes Licht tauchte. Der Himmel dort färbte sich rot und gelb, wandelte sich in Gold, dessen zarter Widerschein auch auf dem Wasser der Guarrana Bay lag. Die Scheinwerfer am Zuckerhut flammten auf. In der Ferne der Bucht leuchteten wie Glühwürmchen die Positionslichter von

Booten, die noch unterwegs waren. Am Geländer der Terrasse meldeten sich die bunten, mit Solarzellen versorgten Lampions, die Cecília dorthin gehängt hatte.

"Musik!" sagte Nicolai. "Du kannst dein Smartphone einschalten, und wir können das bei youtube.music hören. Die Werbung stört zwar, aber die kann man nach ein paar Sekunden wegschalten."

"Und was möchtest du hören?"

"Fangen wir mit Reggae an. Später dann Samba. Du kannst in der Suchleiste angeben: Peter Tosh, Johnny be good tonight. Die nächsten Songs kommen dann automatisch."

"Oh, Johnny be good tonight. Was hast du vor?"

"Nein, nein. Das handelt von einem Jungen, der sehr gut Guitarre spielt. He could play his guitar like ringin' a bell. Seine Mama sagt: You got to be the leader of a reggae band. Ich liebe diesen Rhythmus, diesen Off-Beat."

Cecília holte ihr Smartphone, loggte sich ein, tippte auf dem Display. Der Song kam. Deep down in Jamaica... "Wow!" sagte sie. "Schöner Rhythmus. Komm lass uns tanzen! Habe ich lange nicht mehr."

Er umfasste ihre Taille und sie begannen sich im Rhythmus des Reggae eng aneinander geschmiegt zu bewegen. "Ist ja fast so wie… Na, du weißt schon, was ich meine", sagte Cecília.

"Nein, weiß ich nicht", verstellte er sich.

Sie presste ihre Lippen an sein Ohr: "Rhythmisches Vögeln!"

"Wie schön, dass meine Heilige so versaut ist!"

"Ich habe ja auch eine lange Fastenzeit hinter mir."

Danach kam Bob Marley. ´So much trouble in the world.`

"Komm!" sagte er. "Ich habe Hunger. Und zu den Problemen der Welt will ich nicht tanzen."

30

"Picknick mit Aussicht", sagte Nicolai und belegte eine Ciabatta-Scheibe mit Schinken. "Die Kleidung, die du mir gekauft hast, ist genau richtig. Bermudas und T-Shirts. Ich schätze, wir haben jetzt immer noch etwa 30 Grad. So kann ich mich hier wirklich überall sehen lassen?"

"Ja. Auf der Straße, im Restaurant, überall. In Rio ist das so. Dir werden auch Personen in der Badehose oder im Tanga begegnen. Auf jeden Fall an der Copacabana und den nahen Straßen dort."

"Aber jetzt gib bitte kein Geld mehr für mich aus."

"Wird sich nicht vermeiden lassen. Jedenfalls nicht in den nächsten Tagen. Ach ja, ich wollte dir ja erklären, warum man mich als reich bezeichnen kann. Es ist nicht mein Verdienst. Mein Mann, Miguel, hatte die Sojafarm seiner Eltern geerbt. Er war das einzige Kind. Eine riesige Farm. Die Felder konnte man nur mit dem Squad aufsuchen. Auch ein Haus, Stallungen für die Rinder und ein Maschinenpark waren dabei. Die Farm war in der Provinz Mato Grosso, in Nähe der Stadt Miranda, 1400 Kilometer von Rio entfernt. Miranda liegt westlich Richtung Paraguay und Bolivien. Er hat die Farm verkauft, wollte sich nicht darum kümmern, hat lieber an Motorradrennen teilgenommen und sogar nationale Titel gewonnen. Die Ironie des Schicksals war, dass er nicht bei einem dieser gefährlichen Rennen verunglückt ist, sondern hier in Rio. Ein Bus hatte ihm die Vorfahrt genommen. Nun ja, von dem

Geld haben wir das Penthaus gekauft und meine Praxis. Und ein guter Anteil ist auch noch auf dem Konto geblieben. Also, einbilden kann ich mir darauf nichts. Wie gesagt, es ist nicht mein Verdienst."

Sie hatte das in einem sachlichen Ton ohne besondere Regung erzählt. Und so fragte Nicolai: "Wie war deine Ehe mit ihm eigentlich?"

"Manchmal glücklich. Aber oft war er nicht zu Hause, tourte durch die Welt, um an Motorradrennen teilzunehmen. Von 365 Tagen im Jahr haben wir uns vielleicht an 50 gesehen. Aber ich bin ihm dankbar, dass er das hier gekauft hat. Und die Praxis unten. So muss ich keine Miete bezahlen, die in Botafogo recht teuer wäre. Für dieses Penthaus mit seinen 150 Quadratmeterrn in dieser Lage und mit solch einer Aussicht müsste ich im Monat 20 000 Reais bezahlen, also bei dem Kurs jetzt etwa 3000 Euros. Hinzu käme noch die Miete für die Praxis. Da bliebe zum Leben nicht viel. Also, mach dir keine Gedanken über das Geld. Nimm es einfach als Geschenk. Ich bin froh, dass ich dir begegnet bin. Wenn es dein Stolz nicht zulässt und du willst es unbedingt zurückzahlen, dann tu es. Wenn es nicht geht, ist es mir völlig egal."

31

"Nicolai, akzeptiere es einfach, dass ich dir finanziell helfe. Es verletzt nicht deine Ehre. Ich habe dir ja schon einmal gesagt, dass ich als Gebende die in Wahrheit Beschenkte bin. Bei dir besonders. So, jetzt lass uns mit diesem Thema aufhören. Ach nein, eins noch. Du brauchst ein Smartphone. Nicht weil ich dich kontrollieren will, sondern damit wir immer in Verbindung bleiben können. Welchen Tag haben wir heute?"

"Dienstag."

"Dann erledigen wir das am Donnerstag. Morgen geht es nicht."

"Morgen nicht?" fragte er erstaunt. "Auf deinem Praxisschild habe ich gelesen, dass du mittwochs frei hast."

"Ja, richtig. Sprechstunden habe ich Morgen nicht. Da bin ich in einer Schule. Eine ehrenamtliche Arbeit in der Favela Rocinha. Du weißt, was Favelas sind?"

"Ja. Es gab vor vielen Jahren einmal eine Reportage im Fernsehen über den

´Complexo Alemão` oder auch ´Morro de Alemão` - deutscher Hügel. Warum der so genannt wird, weiß ich nicht mehr. Ich weiß nur noch, dass die Favelas einfache, vielleicht auch ärmliche Siedlungen auf den Hügeln sind und von Drogendealern beherrscht werden."

"Richtig. Du siehst, Rio ist eine wunderbare Stadt, hat aber auch ihre Schattenseiten. So ist das auch in der Favela Rocinha. Sie wird von der kriminellen Gruppe des Drogenhändlers Johnny Cool überwacht und kontrolliert. Er betrachtet sich als ´O Dono do Morro`, als Eigentümer des Hügels. Die Polizei macht immer wieder Razzien, aber Johnny Cool finden sie nie. Seine Bande dealt nicht nur mit Drogen, sie widmen sich auch Banküberfällen, dem Autodiebstahl und Entführungen. Nebenbei ein guter Tipp: Lass dein Handy zu Hause, nimm nicht zu viel Geld mit. An den Touristenstränden ist die Polizei aber sehr effektiv. An der Copacabana, in Flamengo, Botafogo, Ipanema, Leblon und so weiter. Ich trage, wenn ich unterwegs bin, nur Modeschmuck, nicht den echten aus Gold und mit Diamanten. In der Schule in der Favela Rocinha halte ich Vorträge und spreche über die Nebenwirkungen von Drogen, über die Zerstörung die sie verursachen. Zum Beispiel Prostitution und Raubüberfälle, um an das Geld für die Drogen zu kommen."

"Ist das nicht gefährlich für dich?" fragte Nicolai. "Du handelst ja gegen die Dealer, nimmst ihnen vielleicht Kunden weg."

"Kann schon sein. Aber bisher ist mir nichts passiert. Du kannst dir ja denken, warum ich das mache. Ich habe dir ja erzählt, dass mein Sohn an einer Überdosis Heroin gestorben ist. Es ist also eine Art Wiedergutmachung. Ich mache mir immer noch Vorwürfe, das nicht verhindert zu haben, habe das Gefühl, dass ich als Mutter versagt habe. Und als Psychologin."

Mit einem bitteren Unterton fügte sie hinzu: "Doctora! Da siehst du, was das wert ist."

"So darfst du das nicht sagen. Die Sucht kann stärker sein. Besonders bei Drogen. Ich habe ja selbst die Erfahrung gemacht, als ich mich am Whisky vergriffen, vergangen habe. Paula hatte mich gewarnt, gesagt: ´Wenn du so weitermachst, haue ich ab.´ Ich wollte nicht, dass sie mich verlässt. Aber ich habe weitergemacht. Der Versuch, das zu stoppen, ist gescheitert. Geist und Körper sind in totaler Verwirrung, die Symptome des Entzugs sind schrecklich. Da hilft kein guter Ratschlag, meist auch keine Einsicht. Man sagt ja, Alkohol ist stärker als die Liebe. Aber dem widerspreche ich. Es geht auch umgekehrt. Die Liebe kann stärker sein. Ich denke jetzt gerade auch an Amélia. Die Liebe fehlt ihr. Und Anisschnaps und dann noch Maconha, das ist ein Teufelszeug. Kein Wunder, dass sie gegen dich ausfällig geworden ist."

32

Während sie miteinander redeten, war die Musik im Hintergrund gelaufen. "Genug Reggae!" sagte Cecília. "Da wir bei youtube.music sind, etwas anderes. Habe ich dir von der Konferenz in Lissabon erzählt, von der Abschlussparty und dem Videoclip, der da am Ende lief?"

"Ja, hast du."

"Okay. Den gucken wir uns jetzt einmal an. Ich bin gespannt, was du dazu sagst.

Wendy Shay, die Ghanaerin mit ihrem Song ´Sapiosexual`."

Sie tippte auf dem Display ihres Smartphones. Der Song kam, der Videoclip dazu.

"Oh, mein Kopf! Oh mein Hals! Ich trage Überlastung. Ich bin ein zehn über zehn, eine Schönheit über der Dosis. Wonyame a wenya ade. Wogyae mea waboka. Cause I fan for guys only when they get high sense."

"Seltsames Kauderwelsch", sagte Nicolai. "Ein verdammt verführisches Weib. Wie sie guckt und mit ihrem Hintern wackelt. Der Clip spielt zwar in einer Bibliothek, aber ich vermute, er hat mit Sapiosexualität nichts zu tun. Ist eher das Gegenteil. Der Song müsste eigentlich heißen ´supersexual`."

"Genauso ist es", stimmte Cecília zu. "Die Kollegen, die noch wach waren und vorher klug geredet haben, haben sich daran aufgegeilt."

Sie wollte den Song wegschalten, aber Nicolai sagte: "Augenblick. Lass ihn noch laufen. Ich weiß gar nicht, mit welchen Instrumenten die Afrikaner da spielen. Die Melodie ist zauberhaft. Ich werde mir

Anleihen für den ersten Satz meines Klavierkonzertes machen."

"Dein Klavierkonzert? Was meinst du damit?"

"Nach meinem Rausschmiss aus dem Orchester hatte ich angefangen, ein Klavierkonzert zu komponieren. Aber es ist noch nicht fertig. Cecília, könntest du mir ein Notenheft besorgen. Ich meine eins mit noch ungeschriebenen Noten. Nur mit den Linien."

"Kein Problem. Gibt es bestimmt bei Amazon. Bestelle ich dir. Aber wie willst du ohne Klavier ein Klavierkonzert schreiben?"

"Ist alles im Kopf. Das geht."

"Wirklich?"

"Ja, wirklich. Komm, wir schalten jetzt um auf Samba. Oh, da kommt ja noch ein afrikanischer Song nach Wendy Shay. Nicolai sah auf das Display. Iyanya – One side. Meine Güte, uffa, sind die Afrikaner drauf! Die vögeln ja beim Singen und Tanzen oder tun zumindest so. Kein Wunder, dass deutsche Ladies gerne in Afrika Urlaub machen. So wie die Männer in Bangkok."

"Du warst schon dort?"

"Nein, noch nie. Nur ungefähr in der Nähe. Da hatte unser Orchester eine Einladung nach Singapur, vom SSO, dem Singapore Symphonie Orchestra. Wir waren eine ganze Woche in der wohl sichersten und saubersten Stadt der Welt, haben klassische, deutsche Konzerte aufgeführt."

"Und die Frauen dort? Chinesinnen?"

"Das weiß ich nicht. Ich habe mich um die Noten gekümmert."

"Nicolai!" sagte sie mahnend. "Du weißt, man soll die Wahrheit sagen."

"Na ja, ein bisschen habe ich hingeguckt. Aber jetzt bitte Samba. Dein Kleid ist wunderschön."

Er ging mit seiner Hand unter den Saum, streichelte dann ihren Oberschenkel und ging noch ein bisschen weiter.

"Oh! Du hast ja gar keinen Slip an."

Er befreite seine Hand von ihrer gefährlichen Stelle, schob Gläser, Teller und die Reste vom Picknick beiseite und hob Cecília auf den Tisch.

„Du kannst auch zur Sucht werden", sagte er.

33

Amélia hatte die ganze Nacht gewartet. Auf das Läuten der Glocke, auf Nicolai. Aber er war nicht gekommen. Wahrscheinlich würde er nie kommen. Ob Cecília ihn mit nach Rio genommen hatte? Kein Problem. Sie konnte sich das finanziell leisten, und das Penthaus war groß genug. In dieser Nacht hatte sie kaum getrunken, war etwas nüchterner geworden. Warum nur hatte Cecília sie so fluchtartig verlassen? Ohne Abschied. Sie erinnerte sich nicht mehr an ihre Worte. Aber sie musste etwas gesagt haben, das die Amiga beleidigt, verletzt hatte. An die Leiter erinnerte sie sich. Auch an den Revolver, den sie unter das Kopfkissen geschoben hatte. Was hatte sie damit gewollt? Ja, richtig. Nicolai erschießen. Wenn sie keinen Mann hatte, sollte Cecília auch keinen haben. Was für eine verrückte Idee! Wie war sie nur auf so etwas gekommen!? Sie mischte Tabak mit Maconha, versuchte, sich eine Zigarette zu drehen. Ihre Hände zitterten. Es misslang. Oh Gott, dachte sie, wo bin gelandet? Wie geht das weiter? Sie merkte, wie sie unruhig wurde, wie ihr Körper Alkohol verlangte. Sie stand auf, holte sich aus dem Küchenschrank eine neue Flasche Anislikör, goss sich das Glas voll, nahm hastig einen kräftigen Schluck, merkte, wie sie nach ein paar Minuten ruhiger wurde. Der Versuch eine Zigarette zu drehen gelang dieses Mal. Was ich mache, ist eine Spirale abwärts, dachte sie. Aber was soll ich dagegen tun? Einen meiner Gigolos anrufen, mich flachlegen lassen und für ein paar Augenblicke die ganze Misere vergessen? Nein, eine Lösung war das nicht. Es würde sie nur noch tiefer hineinreißen. Es machen wie Nicolai es vorgehabt hatte? Nachts auf die Brücke Vasco da Gama gehen, sich in den Tejo stürzen? Was, wenn sie bei dem Schlag aufs Wasser gar nicht bewusstlos wurde und elendlich ertrank? Oder sollte sie den Revolver unter dem Kopfkissen hervorholen, sich den Lauf in den Mund schieben und abdrücken? Wer würde sie dann irgendwann finden und hätte diesen grässlichen Anblick? Enzo hatte ja immer noch den Schlüssel für das Haus. Oder sollte sie nach Rio fliegen, mit Cecília sprechen? Was aber, wenn Nicolai auch da war? Würde sie das Glück der Beiden ertragen können? Würde man sie in ihrem Zustand überhaupt in den Flieger lassen?

War Enzo wirklich so unerträglich gewesen, dass es zur Scheidung kommen musste? Sie erinnerte sich noch sehr gut an seine Worte, als sie ihm Vorwürfe wegen seines Doppellebens gemacht hatte.

"Was soll ich denn machen? Meinst du, ich merke nicht, dass du mich nicht liebst!? Kann ich mit einer Frau leben, die alles aus purer Berechnung tut? Nein, da darfst du dich nicht wundern, wenn es eine andere gibt."

Vielleicht war Enzo doch nicht so schlecht. Wenigstens hätte sie dann jemanden zum Reden. Diese Zurückgezogenheit, diese Stille um sie war unerträglich. Daran würde sie ersticken. Sie zögerte noch einen Moment. Dann rief sie ihn an.

34

Bis Mitternacht hatten sie auf der Terrasse gesessen. Noch nie hatte sie mit einem Mann so lange geredet und nicht nur geredet. Am Morgen danach war sie schon um halb Sieben aufgestanden.

Zwischen ihren Beinen brummte und summte es noch. So war das eben, wenn lange nichts passiert war. Miguel hatte lieber auf seinem Motorrad gehockt statt auf ihr.

Sie bereitete sich in der Küche einen Kaffee, ließ Nicolai weiterschlafen. Was der Mann alles erlebt hatte in kurzer Zeit! Von der Brücke Vasco da Gama nach Rio de Janeiro. Und vom möglichen Tod zum Leben zurück. Was hatte er sich noch einmal gewünscht? Ach ja, ein Notenheft für sein Klavierkonzert. Sie sah auf die Uhr. Sie hatte noch genug Zeit, ging in ihr Arbeitszimmer, das künftig seins sein würde. Sie fuhr ihren Computer hoch, ging zu ´amazon.com.br`, schrieb in das Suchfeld ´Folhas de música em branco `. Mehrere Angebote, mehrere Notenhefte erschienen. Aber wieviele brauchte er eigentlich für sein Klavierkonzert? Sie wusste nur, dass ein Klavierkonzert drei Sätze hatte. Da hatte sie vor ein paar Jahren mit einer Freundin ein Konzert des OSB, des ´Orquestra Sinfônica Brasileira` besucht. Das war im Theatro Municipal do Rio de Janeiro. Drei Sätze, drei Hefte? Sie entschied sich für drei. War das zu wenig, konnte sie welche nachbestellen.

Sie überlegte weiter. Wie wollte er das bloß machen? Komponieren ohne Klavier. Nur aus dem Kopf heraus? Oder hatte er schamhaft verschwiegen, dass er dazu auch ein Klavier brauchte? Er musste doch ausprobieren, was er geschrieben hatte. Prüfen, ob es überhaupt spielbar war und wie es klang. Ein Klavierkonzert ohne Klavier zu komponieren, das war doch absurd. Und außerdem, würde er eine Anstellung als Pianist finden, müsste er üben. Gerade auch, weil er jahrelang nicht gespielt hatte.

Sie gab im Suchfeld ´instrumentos musicais und piano` ein, klickte. Mit der Auswahl war sie überfordert. Alle Klaviere waren digital. Was war das? Wollte er so etwas überhaupt? Sie musste ihren Plan aufgeben, ihn mit einem Klavier zu überraschen. Sie würde mit ihm zusammen in eins der Musikgeschäfte Rios gehen, zum Beispiel zu ´Pro Music` in der Avenida Nossa Senhora de Copacabana. Er musste selbst ein für ihn geeignetes Klavier aussuchen. Aber ob er zustimmen würde? Vielleicht würde er sagen: "Cecília, das ist zu viel! Das kann ich nicht annehmen."

Um halb Acht begab sie sich zu der Garage des Hochhauses, stieg in ihren weißen, eleganten Citroën C3 und fuhr zur Favela Rocinha.

35

Das ´Blue-Blue-Botafogo` war eine Piano-Bar der besonderen Art. 1902 eröffnet war sie in getreuer Tradition stets vom Vater auf den Sohn übergegangen. Die Bar lag am südlichen Ende der Praia Botafogo unmittelbar neben dem Canoas Rio Clube. Sie hatte einen Außenbezirk mit Tischen, Stühlen und einer Tanzfläche. Innen konnte man rund um eine zentrale Theke auf Hockern sitzen oder auch einen Platz finden an einem der Tische. Auch hier gab es genug Raum, um bei einem Samba oder Reggae zu tanzen. Auf einer Bühne stand neben einer Karaokeanlage und einem Pult für einen DJ ein Piano. Das ganz Besondere aber war eine Wand mit großformatigen Porträts von Stars und Sternchen aus der Welt des Films, der Musik und der Literatur. Es wurde erzählt, Hemingway hätte hier seinen ersten Caipirinha probiert, die blonde Marilyn ihr

Ständchen für den amerikanischen Präsidenten eingeübt und Michael Jackson den Moondance erfunden. Ob das alles so stimmte, sei dahingestellt. Aber zumindest als Legende machte es sich ganz gut. Der jetzige Besitzer, Lucas Oliveira, war 52 Jahre alt, behauptete, ein guter Freund Bob Marleys gewesen zu sein. Dem entsprechend war er auch nach einer Mode gekleidet, die man als Rastafari oder Ethnostil bezeichnen konnte. Er lief mit Hippi-Shorts in den Farben Jamaicas herum, trug beige Slipper aus Hanf und ein schwarzes Vintage-Shirt mit einem aufgedruckten Löwenkopf. An der Tür der Bar hatte er ein Schild angebracht:

"Sessões improvisadas. Os artistas recebem a liberdade musical que merecem." - Improvisierte Sessions. Künstler erhalten die musikalische Freiheit, die sie verdienen.

Vom Penthaus in der Rua São Clemente zum Strand von Botafogo waren es nur ein paar hundert Meter. Cecília war noch nicht zurückgekommen, als Nicolai gegen 16 Uhr den Strand entlang spazierte und auf das ´Blue-Blue-Rio` stieß. Interessiert las er das Schild und dachte: "Hier kann ich vielleicht das versprochene Ständchen für

Cecília nachholen. Ein Versuch wäre es wert." Er drehte den Knauf an der Tür. Die öffnete sich. Er ging ein paar Meter hinein, sah hinter der Theke einen Mann, der Flaschen in die Regale einsortierte.

"Wir öffnen erst um 19 Uhr", rief ihm Oliveira entgegen.

"Ich habe auch nur eine Frage", sagte Nicolai. "Ich habe meiner Freundin versprochen, für sie einen Samba zu spielen. Ginge das hier? Hätte ich die Freiheit, so wie das Schild an der Tür es verspricht?"

"Ja, natürlich. Aber nur wenn sie spielen können. Wir haben Gäste."

"Darf ich?" Nicolai zeigte auf das Piano.

"Was wollen Sie denn spielen?"

"Cheia de Manias. Von Raça Negra."

"Oh! Einer unserer berühmtesten Sambas. Bitte! Probieren Sie es! Ich höre zu."

Nicolai ging zur Bühne, stieg ein paar Stufen hoch, drehte sich am Piano den Hocker in die passende Höhe, setzte sich, testete die beiden Pedale, das linke für die Verschiebung der Töne, das rechte, das Haltepedal. Einen kurzen Moment atmete er durch, konzentrierte sich, dann legte er los mit den Samba-Akkorden des Anfangs, wurde sicherer, gewann wieder die alte Virtuosität. Er hatte nichts verlernt.

"Wow!" sagte Oliveira, als der letzte Ton verklungen war. "Ich glaube, ich werde fromm. Sie schickt der liebe Gott."

36

"Sie haben auch noch andere Songs in Ihrem Repertoire?" fragte Oliveira. "Reggae zum Beispiel?"

"Claro!" antwortete Nicolai. "Peter Tosh, Stick Figure, Bob Marley. Soll ich spielen?"

"Nein, ich habe ja gehört, was sie können. Sie sind kein Brasilianer. Portugiese?"

"Alemâo."

"Meus deus! Da müsste ich Sie jetzt eigentlich rausschmeißen."

"Warum?"

"7:1."

"Ach so. War ein Unglück."

"Aber Gott sei Dank habt ihr dann gegen die Argentinier gewonnen."

"Fußball ist oft Glückssache. An diesem Tag hatten wir es."

"Was machen Sie hier in Brasilien?" Oliveira war neugierig, interessiert an diesem Gast.

"Ich wohne bei meiner Freundin. Ist fast nebenan in der Rua São Clemente. Sie hat dort ihre Praxis. Sie ist Psychotherapeutin."

"Ist das wahr!?" Oliveira lachte ungläubig. "Jetzt sagen Sie bloß nicht, sie heißt Cecília Gonçalves!"

"Doch. So heißt sie. Sie kennen sie?"

"Ja. Sie war einige Male mit ihrem Mann hier. Wenn er wieder mal einen Titel gewonnen und Party gefeiert hat."

"Wie kommt es, dass Sie so Klavier spielen können? Das sieht nicht nur nach Hobby aus."

"Ich war Pianist in einem Symphonieorchester. Aber dann kam die Coronazeit. Ich habe den Job verloren."

"Und Cecília? Wo haben Sie sie kennengelernt?"

"In Lissabon. Bei einer Freundin von uns."

"Ja, die Welt ist klein." Lucas Oliveira sah auf seine Uhr. "Wir haben noch Zeit. Kommen Sie, setzen wir uns an die Theke. Ich erzähle Ihnen was. Was wollen Sie trinken?"

"Am liebsten einen Kaffee."

"Mache ich Ihnen. Ich brauche jetzt einen Cachaça. Das ist ja alles kaum zu glauben."

Als sie an der Theke saßen, erzählte Oliveira. "Wissen Sie, dieses verdammte Piano ist seit einem halben Jahr stumm. Ich hatte einen Hauspianisten. Aber dann kam diese Dame, Maria Rita aus Curitiba. Sie hatte solche Brüste." Er machte mit seinen Händen eine ausholende Bewegung in Brusthöhe, fuhr fort: "Und was macht dieser Kerl? Schmeißt seinen Job hin, wechselt die Tastatur, zieht mit ihr nach Curitiba. Feierabend mit dem Piano. Was ist mit Ihnen? Wie lange bleiben Sie? Hätten Sie Lust? Von Montag bis Donnerstag. Am Freitag kommt eine Sambatruppe, ´Samba no Sangue`, am Samstag ist der DJ dran, am Sonntag gibt es Karaoke."

"Ja, gerne!" antwortete Nicolai überrascht und zeigte auf die Porträts an der Wand. "Waren die wirklich alle hier? James Dean, der Mann aus Casablanca, Humphrey Bogart, Marquez, der Kolumbianer?"

"Weiß ich nicht. Da müssten Sie meinen verstorbenen Vater fragen. Ich war nicht dabei. Sie kommen heute Abend mit Cecília?"

„Ja. Ich muss sie aber erst noch fragen. Ich habe sie heute noch gar nicht gesehen. Sie ist zu einem Vortrag in einer Favela. Aber ich denke, das klappt."

„Und Morgen kommen Sie bitte wieder hierhin. Dann besprechen wir die Einzelheiten. Sagen wir, wieder um diese Zeit?"

„Ja, gerne. Machen wir."

37

Cecília war schon zu Hause, als er kam. "Du strahlst aber!" empfing sie ihn. "Wo warst du?"

"Kleiner Strandspaziergang", antwortete er mit einem Lächeln. Von der Begegnung mit Oliveira erzählte er noch nichts.

"Nicolai, ich muss mit dir reden. Du brauchst unbedingt ein Klavier. Ich kann mir nicht vorstellen, dass du ein Konzert nur aus dem Kopf komponieren kannst. Aber ich kenne mich damit nicht aus. Bei Amazon bieten sie nur digitale Klaviere an. Ich weiß nicht, was das ist."

"Die sind auch gut", sagte er. "Und vor allem billiger. Zum Üben und Komponieren reichen sie. Mit einem Konzertflügel sind sie natürlich nicht zu vergleichen. Aber der würde ein Vermögen kosten."

Sie wunderte sich, dass er nicht gegen den Kauf protestierte. Im Gegenteil. Er schien darauf gewartet zu haben.

"Dann gucken wir das gleich gemeinsam an", meinte sie. "Und du suchst dir ein digitales Klavier aus."

"Das machen wir Morgen. Heute Abend entführe ich dich. Ich hatte dir ja noch einen Samba versprochen."

"Ach! Entführen? Wohin denn?"

"Ist nicht weit von hier. Nur ein paar hundert Meter. Da gibt es eine Pianobar."

"Sag bloß, du hast das ´Blue-Blue-Rio` entdeckt!"

"Ja, genau das. Ich habe auch mit dem Besitzer gesprochen, mit Lucas Oliveira. Ein netter, unkonventioneller Typ. Er kennt dich."

"Ja, ich war einige Male mit Miguel da, wenn er eine Party gefeiert hat."

"Stimmt das wirklich, dass all diese Berühmtheiten, von denen die Porträts an der Wand hängen, in dieser Bar waren?"

"Weiß ich nicht. Kann aber sein. Das ´Blue-Blue`gibt es schon lange. Was hat dir Oliveira sonst noch erzählt, außer dass er mich kennt?"

"Ich soll Morgen zu ihm kommen. Wahrscheinlich geht es um die Einzelheiten meines Vertrags. Ich kann von Montag bis Donnerstag spielen. Seit einem halben Jahr ist er ohne Pianist."

Cecília schlug die Hand vor den Mund. "Nein, Nicolai! Ich kann es kaum glauben. Das ist ja großartig!"

38

"Hast du gewusst", fragte Nicolai, "dass Oliveira seinen Hauspianist verloren hat? Dein Optimismus, dass ich in Rio Arbeit finde, war ja recht groß."

"Nein. Das letzte Mal war ich vor drei oder sogar vier Jahren im ´Blue-Blue`. Ich wusste nur, dass Rio auch eine musikalische Stadt ist. Es gibt nicht nur diese eine Pianobar. Du hättest auch andere Möglichkeiten gehabt. Aber schön, dass es so schnell ging. Wie ist das denn gekommen, dass der Pianist nicht mehr dort spielt? Wir kannten ihn. Hat Oliveira dir das erzählt?"

"Ja, hat er. Lässt sich in dem Satz zusammenfassen: Die Macht des Weibes ist größer als die Gewalt der Musik. Er ist einer Frau nach Curitiba gefolgt. Especially your Python move."

"Python move?"

"Ist eine Zeile aus einem Reggae. ´Girlfriend` heißt der Song und besingt die Hilflosigkeit des Mannes, wenn eine Frau auftaucht."

"Hmm. Das kenne ich aber auch umgekehrt, wenn ich an die vergangene Nacht denke. Hilflosigkeit? Nein, das ist Unsinn. Hilflosigkeit gibt es eher, wenn man von Drogen abhängig ist. Heute habe ich übrigens in der Favela eine neue Motivation kennengelernt. Da muss ich keine langen Vorträge halten."

"Ja? Welche?"

"Neben der Schule gibt es einen Fußballplatz. Da war ich und habe gesehen, dass die Jungen T-Shirts tragen, auf denen die Namen bekannter Fußballer stehen. Ronaldo, Messi, Neymar. Die identifizieren sich damit, wollen auch so werden, und da muss ich denen nur erzählen, wenn ihr das verwirklichen wollt, dürft ihr niemals Drogen probieren. Sonst ist es damit vorbei und statt den Namen Neymar auf dem Shirt zu haben, könnt ihr euch ein Hanfblatt aufdrucken lassen und irgendwo liegenbleiben. Dann werdet ihr nie in ein Stadion laufen, nie hier in Rio in das Maracanã, wo 80 000 auf euch warten und euch zujubeln. Was glaubst du, wie die da die Köpfe geschüttelt und protestiert haben. Drogen? Nein, niemals. Das machen wir nicht."

"Ja, verstehe ich. Es wird erst wieder gefährlich, wenn eine Karriere beendet ist oder einem die Leidenschaft genommen wird. Ich denke da an die Coronazeit, an meinen Rausschmiss aus dem Orchester. Aber das ist jetzt Gott sei Dank vorbei. Das Spiel beginnt von Neuem. Es war im ´Blue-Blue-Rio` ein überwältigendes Gefühl, wieder an einem Piano zu sitzen und die Hände über die Tasten laufen zu lassen. Ich freue mich schon darauf, nachher etwas für dich zu spielen. Cheia de Manias. Paixão! – Voller Manien. Leidenschaft. Für die wunderbarste Frau der Welt, für das Piano und das Klavierkonzert, das ich komponieren werde.

39

"Warum hast du dich umgezogen?" fragte Cecília.

"Weil ich nicht in Bermudashorts und Flip-Flops am Klavier sitzen will. Es sind ja auch noch andere Gäste da."

"Nicolai, wir gehen in das ´Blue-Blue` und nicht in ein Konzert im ´Theatro Municipal`.

"Trotzdem."

Gegen Neun waren sie in der Pianobar. Die war gut gefüllt mit Gästen. Hinter der Theke stand eine Mulattin und bediente die Männer, die auf den Hockern saßen. "Oh", sagte Nicolai, "die ist ja genauso attraktiv wie Wendy Shay."

"Nicolai!" ermahnte ihn Cecília. "Nur gucken. Für alles andere bin ich zuständig. Sonst komme ich jeden Abend mit, wenn du hier spielst."

Oliveira saß an einem der Tische, unterhielt sich mit einem Gast. Als er die Beiden hereinkommen sah, stand er auf, kam ihnen entgegen. Er umarmte Cecília. "Ach, Cecília, endlich sehen wir uns wieder und dann bringst du mir sogar diesen Virtuosen mit." Er schüttelte Nicolai die Hand, klopfte ihm auf die

Schulter, sagte: "Du hast die Richtige erwischt. Ich bin Lucas. Wir reden uns mit Vornamen an. Kommt, wir setzen uns! Ich habe einen Tisch für euch reserviert."

Er setzte sich zu ihnen, erzählte. "Hinter der Theke, das ist Marly. In zwei Wochen heiraten wir. Es ist witzig, wie wir uns kennengelernt haben. Als mir mein Hauspianist laufen gegangen ist, habe ich eine Anzeige im ´Jornal do Brasil`geschaltet. Pianobar in Botafogo sucht Pianist/Pianistin zur Abendunterhaltung. Da hat sich Marly gemeldet. Sie hat ein Foto beigelegt und geschrieben: ´Ich kann nicht Klavier spielen, aber etwas anderes.` Seitdem hilft sie mir hier. Sie ist eine echte Carioca."

"Carioca?" fragte Nicolai. "Bin ich auch", sagte Cecília. "So nennt man die Frauen von Rio."

"Hat sich auch jemand gemeldet für das Piano?" fragte Nicolai.

"Ja. Drei haben vorgespielt, aber ich war nicht zufrieden damit. Bevor mir die Gäste laufen gehen, lass ich es lieber."

"Sag mal, Lucas", schaltete sich Cecília ein und zeigte auf die Fotowand, "waren die wirklich alle hier?"

"Hat mich Nicolai schon gefragt. Weiß ich nicht. Aber da, dritte Reihe von oben und ganz links, die Beiden waren hier, habe ich selbst gesehen. Pelé und der deutsche Kaiser, der Beckenbauer. Die waren ja befreundet, haben zusammen bei Cosmos New York gespielt. Ach ja, das waren noch Zeiten! Brasilien fünfmal Weltmeister. Aber jetzt haben sie sich eine Klatsche gegen Argentinien geholt, 4:1 verloren. Hast du Ahnung vom Fußball, Nicolai?"

"Oh ja! Ich habe mir alle Finalspiele der Brasilianer bei youtube angesehen. Sogar das Finale von 1958. Da haben sie 5:2 gegen Schweden gewonnen. Mit dem jungen Pelé. In meiner Jugend war ich selbst Straßen- beziehungsweise Wiesenfußballer, habe jede frei Minute auf dem Acker neben dem Haus der Eltern verbracht. Später auch in einem Verein, habe mich dann aber für das Konservatorium und die Musik entschieden."

"Ja, ja, die Jugend heute", beklagte Oliveira, "die hängen lieber am Smartphone."

"Stimmt nicht ganz", widersprach Cecília. "Das habe ich heute in der Favela

Rocinha anders gesehen. Der Ball ist der beste Konkurrent des Handys."

"So, Nicolai", meinte Oliveira, du kannst jetzt deinen Auftritt haben und für Cecília ´Cheia de Manias` spielen. Ach já, und zu trinken bekommt ihr natürlich auch was. Ihr seid heute Abend meine Gäste. Was soll ich für euch bestellen?"

"Für mich einen Caipirinha", sagte Cecília. "Und für Nicolai...?"

"Ein Glas Rotwein. Gegen das Lampenfieber."

40

Lucas Oliveira stand auf, ging zur Theke, sprach mit der Mulattin, kam zurück mit den Getränken. "Lampenfieber, Nicolai, brauchst du hier nicht zu haben. Wir sind Brasilianer. Selbst wenn du betrunken vom Klavierhocker fallen würdest, verstehen wir das. Ich muss euch was erzählen. Von deinem Vorgänger, meinem Hauspianist. Er war, wie sagt man, ach ja, polyamourös. Bevor er nach Curitiba abgehauen ist, war hier jeden Abend eine hübsche Mutter mit ihrer noch hübscheren Tochter und haben ihm schöne

Äuglein gemacht. ´Welche soll ich nehmen?` fragt er mich. Ich sage: Nimm beide! ´Geht das denn?` fragt der Idiot. Ich antworte: Natürlich nicht. Das gibt Mord und Totschlag. Weißt du das denn nicht!? Nein, wusste er nicht. In Gedanken lag er schon mit beiden im Bett. Nimm bitte keine, rate ich ihm. Geht nicht gut aus. Oh, Nicolai, du hast ja rasch ausgetrunken. Komm! Wir gehen auf die Bühne. Ich stelle dich jetzt meinen Gästen vor. Und dann kannst du das Ständchen für Cecília spielen."

Oliveira ging mit ihm auf die Bühne, rief: "Liebe Gäste, bitte einmal herhören! Das hier ist Nicolai. Er wird von Montag bis Donnerstag in die Tasten hauen. Heute fängt er mit einem unserer schönsten Sambas an. ´Cheias de Manias`. Das spielt er für seine Carioca, für Cecília. Und in zwei Wochen, am Samstag, gibt es hier eine Hochzeitsparty, zu der ihr alle herzlich eingeladen seid. Dann heirate ich nämlich diese wunderschöne Frau, die uns an der Theke mit Getränken versorgt. So, Nicolai, dein Auftritt! Domina o meu coração!"

Kaum hatte Nicolai die Akkorde des Auftakts gespielt, da stand auch schon das erste Paar vom Tisch auf und begann zu tanzen. Andere folgten. Als der letzte Ton verklungen war, klatschten sie und riefen: "Mais, mais!" – Mehr.

"Okay!" sagte Nicolai. "Noch einmal Raça Negra. Que se chama amor. - Was man Liebe nennt. Já estou ficando louco. Só por causa de você. – Ich werde noch verrückt nur wegen dir. Und dann habe ich noch zwei Reggaes für euch. Peter Tosh. ´Johnny be good tonight`. Und ´Bad Boys` von Inner Circle.

Als er zu Ende gespielt hatte und unter dem Beifall der Gäste zu seinem Tisch ging, saß Oliveira dort bei Cecília, klopfte ihm auf die Schulter und sagte: "Du brauchst Morgen gar nicht zu kommen. Wir machen das hier per Handschlag. Du bekommst pro Abend 600 Reais als Fixum und eine Beteiligung am Umsatz, den ich wegen dir wahrscheinlich mehr haben werde. Und am Freitag, wenn die Samba-Band hier ist, kommt ihr bitte auch. Ich werde dich ihnen vorstellen. Vielleicht sind sie froh, wenn sie noch einen Pianist an Bord haben."

"Wieviele sind es? Welche Instrumente spielen sie?" fragte Nicolai.

"Fünf. Zwei Gitarren, Klarinette, kubanische Conga. Am Mikro als Sängerin Giovanna hier aus Rio. Stilrichtung ist der Samba do Morro, der von den Favelas kommt. Mit denen müsstest du dich einig werden, wie ihr das mit dem Honorar macht. Ich denke aber, das funktioniert. Samba ohne Piano ist wie ein, naja, sagen wir, Mann ohne Frau."

41

Sie hatte Enzo angerufen. "Ich muss mit jemandem reden. Ich brauche auch Hilfe. Kannst du kommen?"

"Hilfe? Du brauchst Geld? Was ist los?"

"Ich hänge wieder in der Schleife. Ich komme nicht los von dem Zeug. Dieses Mal ist es Anisschnaps. Und auch Cannabis."

"Ach, Amélia. Eigentlich wollte ich das Haus nicht mehr betreten. Aber gut, ich komme. Ich bin in Setubal. In einer Stunde bin ich bei dir. Du musst mir aufmachen. Ich habe keinen Schlüssel mehr."

Als sie eine Stunde später die Glocke hörte, nahm sie noch einen raschen Schluck Anis, stand auf vom Küchentisch, öffnete die Tür. Eigentlich sieht er noch ganz gut aus, dachte sie. Auch wenn er zwanzig Jahre älter ist als ich. Das graue, streng zurückgekämmte Haar steht ihm. Er ist groß, schlank, als Firmenchef immer korrekt angezogen, mit Anzug und Krawatte. Er hat nur einen großen Fehler. Er ist so schrecklich vernünftig. Ich brauche mehr die jüngeren Bad Boys. Beim Vögeln fängt Enzo schwach an und lässt stark nach.

"Komm rein!" sagte sie. "Gehen wir in die Küche."

Er sah die fast leere Flasche, ´Anis Escarchado´, den Grinder, um das Cannabis zu zermahlen, die aufgeschlagene Zeitung, auf der sie die graugrünen Krümel mit Tabak vermischte, das Heft mit dem Zigarettenpapier.

"Das ist ein Scheißzeug", sagte er. Anis und Absinth sind gefährlich. Da weiß man nicht mehr, was man tut. Van Gogh hat sich im Absinthrausch das Ohr abgeschnitten."

"Ja, weiß ich. Musst du mir nicht erzählen. Cecília war hier. Irgendwie habe ich sie beleidigt. Ich weiß nicht mehr womit. Sie ist dann ohne sich zu verabschieden abgehauen.

"Ja. Kann ich verstehen. Was du machst, ist die Spirale abwärts. Du kommst da nicht mehr raus. Hast du Schmerzen, wenn du nicht trinkst?"

"Ja, habe ich."

"Ich kann dich in eine Klinik bringen. Erinnerst du dich an Leopoldo, meinen Kellermeister?"

"Ja, warum?

"Der ist damals auch abhängig geworden. Nicht nur vom Wein. Er hat sich auch Schnaps mitgebracht. Ich wollte ihm nicht kündigen. Wir hatten ja ein freundschaftliches Verhältnis. Ich habe ihn in die Klinik gebracht. In die ´Clinica da Luz`. Die ist in der Nähe von Lissabon, in Oeiras. Ein schöner Ort, sozusagen eine Klinik unter Palmen. Die haben ihm da mit einer neuen Methode geholfen. Er hat sich einen Naltrexon-Speicher in den Unterleib einpflanzen lassen, um den Entzug zu überstehen. Aber ich denke, bei dir geht es noch mit Medikamenten, mit Methadon zum Beispiel. Die Kosten wird deine Krankenkasse übernehmen."

"Geht nicht. Ich habe seit einem Jahr keinen Beitrag mehr bezahlt. Sie haben mich rausgeschmissen."

"Heißt also: Ich übernehme die Kosten. Du weißt, wieviel das ist?"

"Nein."

"Du wirst vier Wochen bleiben müssen, die ganzen Programme durchlaufen. Jeder Tag kostet mindestens 500 Euro. Da sind wir bei 14 000 Euro. Aber gut, Amélia. Ich kann dich nicht hängen lassen. Ich rufe dort an, ob sie ein Zimmer frei haben. Und dann pack die Sachen ein, die du brauchst. Wenn nicht in Oeiras, dann finden wir eine andere Klinik. Und was Cecília betrifft, sie hat Verständnis, lass Gras darüber wachsen, dann wird auch das wieder gut."

42

Am Freitagabend war er mit Cecília wieder im Blue-Blue. Die Band ´Samba no Sangue` war schon auf der Bühne, spielte aber noch nicht. Was Oliveira als zwei Gitarren bezeichnet hatte, waren eine Mandoline und eine ´Violão de sete cordas`, eine Gitarre mit sieben Saiten statt mit nur fünf. An der kubanischen Conga, einer Fasstrommel, saß eine Mulattin. Die Klarinette wurde von einer jungen Frau gespielt, die ´Gitarren` von zwei Jungs in

Pluderhosen und Jamaica-Hemden. Die Sängerin erprobte gerade das Mikrophon. Die drei Frauen trugen lange, bunt ornamentierte Kleider und rote Sandaletten. Bei ihrem Anblick musste Nicolai an die Geschichte des Paris denken. Der war aufgefordert worden, sich bei drei Göttinen für die schönste zu entscheiden und dieser einen Apfel zu überreichen. Paris entscheidet sich für Aphrodite, Nicolai hätte der Mulattin an der Conga den Apfel überreicht.

Oliveira stellte ihn vor. "Wenn ihr einen erstklassigen Pianist braucht, hier ist er. Das ist Nicolai aus Alemanha." Dann nannte er die Namen der Bandmitglieder. "Am Mikrophon, das ist Giovanna, die Chefin der Truppe, mit der Klarinette Alice und an der Trommel Laura. Die große Gitarre spielt Eduardo, die kleine Louis. So, bevor die Gäste erscheinen, könnt ihr das mal ausprobieren. Ich schlage vor: ´Cheia de Manias`. Kennt ihr den Samba?"

"Claro", sagte Giovanna.

"Ich beginne mit den einleitenden Akkorden", schlug Nicolai vor, und dann werde ich begleitend improvisieren müssen. Wenn nicht alles hundertprozentig klappt, ist das nicht schlimm. Es ist ein erster Versuch. Cheia de manias, toda dengosa, menina bonita, sabe que é gostosa." – Voller Manien, alles reizend, hübsches Mädchen, du weißt, sie ist heiß.

Er schlug die Tasten an, hörte auf Giovannas Einsatz, improvisierte, die anderen Instrumente begleitend. Es gab ein paar nicht perfekte Harmonien, aber Oliveira klatschte, sagte: "Hört sich doch wunderbar an. Das ist eine echte Bereicherung. Macht euch keine Sorgen. Das Honorar müsst ihr jetzt nicht durch sechs teilen. Nicolai bekommt seinen Anteil von mir. Wie sieht es aus? Wollt ihr den Pianomann?"

"Ja, den nehmen wir, den will ich", sagte Giovanna, ohne die anderen zu fragen. Die aber waren damit einverstanden und nickten. Laura an der Kubatrommel legte mit ihren Handflächen einen Wirbel hin, was wohl bedeuten sollte: Ich stimme zu. Nicolai Bem-Vindo!"

43

Nach Mitternacht saßen Cecília und Nicolai noch auf der Terrasse, tranken

Weißwein, chilenischen ´Terruca`, einen Chardonnay aus dem Valle Central.

"Das hast du gut gemacht, Nicolai", meinte sie. "Du hast richtig Glück gehabt."

Sie hatte, was ungewöhnlich war, ihre Handtasche mit an den Terrassentisch gebracht, machte sie jetzt auf, kam mit einem Zettel hervor, reichte ihn Nicolai mit den Worten: "Den habe ich am Mittwoch an meiner Windschutzscheibe gefunden, als ich aus der Schule kam. Ich muss den Wagen vor der Favela parken. Ich habe dir nichts davon erzählt, um dich nicht zu beunruhigen, während du noch alles im Blue-Blue regeln musstest."

Nicolai warf einen Blick auf den Zettel, las laut vor: "Sai daqui!" – Verschwinde von hier! "Oh mein Gott! Und eine Pistole ist abgebildet. Was hat das zu bedeuten?"

"Ist ziemlich klar. Ich soll mit meinen Vorträgen in der Schule aufhören. Johnny Cool wird dahinterstecken. Ich arbeite ja sozusagen gegen ihn, komme ihm in die Quere."

"Was willst du jetzt machen? Das klingt gefährlich."

"Ich werde weiter hingehen, lasse mich davon nicht abschrecken."

"Cecília, diesen Typen ist alles zuzutrauen. Eine Favela ist kein Kinderspielplatz. Bleibe mittwochs lieber hier und schreibe ein Buch über die Risiken im Umgang mit Drogen, über die Folgen. Ich mache mir Sorgen, dass dir etwas passiert."

"Das persönliche Gespräch ist wirkungsvoller als ein Buch."

"Sei nicht so leichtsinnig. Das ist eine schlimme Vorstellung, dich zu verlieren. Eine Katastrophe."

"Soll ich kneifen? Mich von einem Zettel abschrecken lassen?"

"Das ist nicht nur ein Zettel. Das ist eine Drohung, eine Warnung. Du hast mir selbst erzählt, was diese Typen alles anstellen. Und wenn Johnny Cool durch keine Polizeirazzia auffindbar ist, zeigt das nur, wie gefährlich er in Wirklichkeit ist. Kennt man ihn in der Favela?"

"Bestimmt. Aber es ist ein ehernes Gesetz, ihn nicht zu verraten. Die Polizei weiß noch nicht einmal, wie er aussieht. Bei der letzten Razzia haben sie die Favela mit 400 Mann durchkämmt und nichts gefunden."

"Hast du eine Ahnung, wie er das macht?"

"Ja. Die Favelas haben unterirdische Gänge, ein Tunnelsystem. Wenn die Polizei anrückt, sieht man das schon von Weitem. Dann wird gewarnt, die Bande haut durch die Tunnel ab und verschwindet im hügeligen Hinterland."

"Cecília, die Favela nicht mehr zu besuchen, ist keine Feigheit, sondern Klugheit. Fahr bitte nicht mehr dorthin!"

44

Es war ihr erster Aufenthalt in einer Klinik. Sie war auch zuvor schon einige Male in diese Abhängigkeit gerutscht, hatte es aber mit einem schrittweisen Entzug zu Hause alleine geschafft. Die erste Woche in Oeiras war hart für sie. Sie musste ihr Handy abgeben, es war ein altes, das sie nicht mehr brauchte, durfte das Haus nicht verlassen, um sich in dem Ort in ein Café zu setzen und wenigstens eine Zigarette zu rauchen. Der großzügige Enzo hatte ihr ein Einzelzimmer besorgt. Da lag sie abends alleine im Bett und heulte. Dankbar war sie nur für die Distraneurin-Kapseln, die ihr die Schmerzen nahmen und die innere Unruhe dämpften. Das Programm, das sie durchlaufen sollte, empfand sie als öde. Was die Psychologin machte, war für sie Seelenschnüffelei, der Gesprächskreis ein Tantenzirkel, die Vorträge, wie man gesund frühstückt, eine lächerliche Zumutung und die Yoga-Verrenkungen schlicht langweilig. Nur den Physiotherapeuten besuchte sie gerne, legte sich dort mit dem Bauch auf die Pritsche und ließ sich Schulter und Rücken gegen Verspannungen massieren.

Der Physiotherapeut war ein Italiener, Giovanni Bertolini, ein Sizilianer, der ein anderes Land kennenlernen wollte und in Oeiras gelandet war. Er sprach schon gut Portugiesisch, hatte einfühlsame Hände, die mal sanft, dann wieder fester über ihren Rücken glitten. Sie schätzte ihn auf Anfang dreißig, hatte ihn dann auch nach seinem Alter gefragt. Sie lag mit ihrer Vermutung richtig. Giovanni war 31. Während er sie massierte, erzählte er, wie ihm Portugal gefalle, dass er aber irgendwann nach Sizilien zurückkehren wollte. Aber nur, wenn er dort eine eigene Praxis eröffnen könnte. Sie empfand ihn als charmant, humorvoll und vor allem war er mit seinen schwarzen Haaren, den leuchtenden rehbraunen Augen, seinem Lächeln, einem harmonisch schönen Gesicht und einem muskulösen Körper, der das Training in einem Sportstudio verriet, sehr attraktiv. Sie hätte ihn gerne zweimal am Tag besucht, aber das ging leider nicht. In einer der Nächte hatte sie sogar von ihm geträumt und war mit einem wohligen Gefühl aufgewacht und hatte sich die Bilder des Traums wieder in die Erinnerung gerufen. Sie glaubte, dass er sich auch freute, wenn er sie sah und behandelte, war sich aber noch nicht sicher, ob das eine Einbildung oder ein Wunschdenken war. Aber wenn er sich von ihr verabschiedete, drückte er ihre Hand etwas länger, lächelte charmant und sagte: „Tschau, Bella!" In ihrer Überlegung und in den Tagträumen war sie sogar schon so weit gegangen, ihm die Eröffnung einer eigenen Praxis anzubieten. Das Geld, das Enzo ihr monatlich zukommen ließ, würde reichen und gegen den Verkauf des Hauses hätte er gewiss nichts einzuwenden. Natürlich hätte Giovanni sie dann mitzunehmen. Nach Sizilien oder wohin auch immer, sie würde ihm gerne folgen. Wenn sie bei ihm auf der Pritsche lag, fühlte sie sich unter Strom gesetzt. Es kribbelte und manchmal zuckten ihre Hüften. Sie stellte sich vor, sein Mund läge auf ihrem und seine Hände rieben ihre Brüste. Sie hätte ihm gerne gesagt: "Junge, schließ die Tür ab, dreh mich rum, reiß mir den BH weg, zieh mir die Shorts aus und den Slip, geh mit deinem Daumen tiefer und dann stoß mich in die Bewusstlosigkeit!"

45

Johnny Cool, den sie auch ´O Invisível` nannten, den Unsichtbaren, wohnte in einer einfachen, unauffälligen Hütte in der hinteren Reihe der Favela. Das Wohnzimmer war mit unscheinbaren Holzdielen ausgelegt, von denen eine ganz besonders war, aber nur, wenn man es wusste. Schob man einen Schraubenzieher in die Fuge, öffnete sich im Boden wie von Zauberhand eine Tür, gab eine Leitertreppe frei, die in einen Raum führte, der luxuriös und technisch hoch ausgerüstet war. Mit einem Fernseher, der groß wie ein Heimkino war, zwei Computern, einem Laptop, der ihm zeigte, was am Eingang der Favela passierte. Und es gab auch einen gut gefüllten Waffenschrank. Für die Bequemlichkeit sorgte ein französisches Bett, eine feudale Sitzecke mit einer Bar, eine gut eingerichtete Küche und ein Bad mit Jacuzzi. Sollte wider Erwarten und gegen die Wahrscheinlichkeit ein Polizist die besondere Diele entdecken, so gab es einen geheimen Gang zu einem der bewaldeten Hügel, wohin er sich zurückziehen konnte. In der Favela kannte man ihn. Aber niemand käme auf die tödliche Idee, ihn zu fotografieren oder zu verraten. Er konnte sich dort frei bewegen, war sogar beliebt, weil er mit Geld half, wenn jemand in Not geraten war. Seine Familie lebte auch in der Favela. Die Mutter, der Vater und zwei jüngere Schwestern. Und Wehe, ihnen würde etwas zustoßen! Die Familie war ihm heilig. Johnny Cool selbst war 42 Jahre alt. Die Mitglieder seiner Bande, die mit den Drogen dealten und Raubzüge in Rio unternahmen, konnten ihn dort besuchen und nicht selten sagte er: "Jungs, ich brauch mal wieder eine Braut. Bringt mir was mit!" Mit den Frauen ging er respektvoll um, entlohnte sie großzügig. Aber Wehe, ihm käme eine in die Quere! Dann würde er kein Pardon kennen und

130

gnadenlos sein. In dieser Hinsicht war er so wie sein Vorbild, der Kolumbianer Pablo Escobar.

An dem Sonntag, der Nicolais Engagement im ´Blue-Blue` folgte, zitierte er zwei von seiner Bande zu sich und sagte: "Ich sehe, eure Einnahmen hier in der Favela sind seit einiger Zeit rückläufig. Woran liegt das? Könnt ihr mir das erklären?"

"Das ist wegen der Psychologin in der Schule so", sagte einer der Beiden. "Aber wir haben sie gewarnt, ihr einen Zettel an die Windschutzscheibe geklemmt. Sie soll verschwinden. Auf dem Zettel war auch eine Pistole abgebildet. Sie wird nicht mehr kommen. Wir wissen inzwischen auch, dass sie mit einem Alemâo zusammenlebt. Der wohnt bei ihr in Botafogo."

"Hätte ich nicht gedacht", sagte Johnny Cool, „dass die Psychotante mit ihrem Gequatsche etwas bewirkt. Ihr wisst ja, das Leben ist ein Vogelschiss und wir machen die Menschen wenigstens zeitweise glücklich, tun also etwas Gutes. Passt auf! Sollte sie wieder am Mittwoch kommen, nehmt ihr sie fest, bringt sie in eure Hütte. Sie wird mir den entgangenen Umsatz ersetzen. Der Deutsche, will er sie lebend wiedersehen, muss zahlen. Und ihren Wagen schafft ihr natürlich weg. Der darf da nicht stehenbleiben. Wenn sie kooperiert, lasst ihr sie wieder laufen. Macht sie Probleme, kennt ihr die Methode, um sie gefügig zu machen."

46

Einmal in der Woche gab es in der Klinik ein sogenanntes Briefing, eine Art Konferenz über die 32 Patienten und Patientinnen. Es ging in alphabetischer Reihenfolge. Amélia mit dem Nachnamen Alves war die zweite. Die Psychologin meldete sich.

"Die Frau Alves ist sehr unzugänglich. Sie dreht das Verhältnis um, sieht mich an, als sei ich die Patientin, und gibt oft keine Antwort. Wie ist das bei euch?" fragte sie in die Runde.

"Bei mir wirkt sie sehr uninteressiert", sagte die Leiterin der Yogagruppe. "Sie macht die Übungen mit einem Gesicht, als hätte sie Zitronen im Mund."

"Sie fehlt oft bei der Gesprächsgruppe", warf der Psychologe ein, der den Kreis moderierte. "Ist sie anwesend, schweigt sie. Ich glaube, sie ist ein schwieriger Fall. Die Prognose, dass sie in eine völlige Abstinenz kommt, ist nicht gut. Sie ist nicht nur substanzabhängig, sie hat auch Verhaltensstörungen."

"Dem kann ich nur zustimmen", pflichtete die Ärztin bei, die für die Medikamente zuständig war. "Ich kann ihr die Distraneurin-Kapseln nur einzeln und in kontrollierten Zeitabständen geben. Sie futtert sie sonst wie Kinder Gummibärchen aus der Haribo-Tüte. Wie ist sie denn bei dir, Giovanni? Du hast noch gar nichts dazu gesagt."

"Och, ich kann mich nicht beschweren. Sie kommt pünktlich und regelmäßig. Sie ist keine Minute zu spät." Fast hätte er noch hinzugefügt: "Sie ist eben eine Frau und lässt sich sehr gerne massieren." Aber er schluckte diese Bemerkung herunter. Bei den weiblichen Mitgliedern der Konferenz wäre so etwas nicht gut angekommen. Die waren in dieser Hinsicht empfindlich emanzipiert.

Die Betroffene selbst, Amélia Alves, stand zu dieser Zeit mit einer neuen Bekanntschaft, einer neuen Freundin, die ein Päckchen Zigaretten in die Klinik geschmuggelt hatte, am offenen Fenster und rauchte.

"Die gehen mir mit ihrem Zirkus hier", meinte Amélia, "auf den Keks. Ich sehe ja ein, dass übermäßiger Alkoholgenuss schädlich ist, aber sie hätten wenigstens den schrittweisen Entzug einführen sollen. Dann könnten wir jetzt zusammen ein Gläschen trinken, Glória. Ich würde am liebsten abhauen."

"Geht noch nicht, meine Liebe. Du kommst nicht durch das Tor und am Pförtner vorbei. Damit musst du noch eine Woche warten. Dann dürfen wir mit der Gruppe für eine Stunde in den Ort. Und ein Aufpasser oder eine Aufpasserin ist auch dabei, damit wir uns nur einen Kaffee bestellen und nichts Scharfes. Ich wünschte, der Giovanni könnte das übernehmen. Ich finde ihn richtig süß."

"Oh, du auch!? Aber ist der nicht zu jung für dich? Du wirst bald sechzig."

"Ach was! Die Lust verschwindet nicht. Die versteckt sich nur, wenn ich zu Hause bei meinem Mann bin. Der hängt bis tief in die Nacht vor der Glotze. Dass er eine Frau im Bett hat, interessiert ihn nicht mehr. Mit 75 werden die Männer komisch, wollen nur noch ihre Ruhe haben."

"Glaube ich nicht, Gloria. In Wirklichkeit träumen die von was Jungem, Heißen. So wie du von Giovanni."

47

Als Glória gegangen war, überlegte Amélia, wie sie das mit Giovanni anstellen könnte. Er war bestimmt kein Kostverächter. Sich einfach auf die Pritsche legen, Shorts und Slip runter und sagen: "Komm, mein Schatz!"? Zumindest käme er in große Gewissensnöte, denn es war verboten, mit einer Patientin etwas anzufangen. Käme es raus, würde er seinen Job verlieren. Aber es musste ja nicht rauskommen. Er würde nichts verraten und sie auch nicht. Und es musste auch nicht unbedingt im Behandlungsraum sein. Es wäre verdächtig, die Tür abzuschließen. Wenn jemand ausgerechnet dann käme, um ihn zu sprechen und fände die Tür verschlossen, wäre das recht verräterisch. In ihrem eigenen Zimmer ginge es auch nicht. Sie konnte und durfte es nicht abschließen. Also wo? Wo den Versuch wagen, ihn zu verführen? Im Park der Klinik, in der

Laube? Zu nächtlicher Stunde ein Abenteuer? Aber er war nachts nicht in der Klinik, wohnte, wie er ihr erzählt hatte, in einem Appartement im Ort. Warten, bis die Therapie zu Ende war? Viel zu lange! Dachte sie an ihn, kribbelte und pochte es schon bei ihr. Warten, bis sie mit der Gruppe rausdurfte, sich vorher mit ihm verabreden, sich in seinem Appartement treffen? Möglich. Vielleicht war das ein Weg. Sie würde im Café auf die Toilette gehen und durch das Fenster, hoffentlich hatten sie eins, verschwinden und nie mehr wiederkommen. Zwar hatte Enzo schon den Vertrag unterschrieben und für die ganzen vier Wochen bezahlt, aber wenn es um die große Liebe ging, würde ihr Verhalten erlaubt sein. Und Enzo musste ja nichts davon erfahren. Die Klinik hatte das Geld kassiert und würde kaum darauf bestehen, dass sie zurückkäme, um die Therapie weiterzumachen. Die Therapie war Giovanni und nicht die komischen Eulen in der Klinik mit ihren Programmen. Ihm zuliebe würde sie auch die Finger vom Anisschnaps lassen, und auch Maconha musste sie nicht unbedingt rauchen. Der normale Tabak reichte. Sie würde Giovanni ihre Liebe gestehen, mit ihm nach Sizilien ziehen, ihm eine Praxis eröffnen. Konnte er da ´Nein` sagen? Siebzehn Jahre Altersunterschied. Was machte das schon!? Noch war sie jung genug für so ein Abenteuer. Und betrachtete sie sich im Spiegel, fand sie sich auch noch recht hübsch. Die Figur stimmte, die Brüste zeigten nicht nach unten auf halb sechs, sondern waren groß und stramm wie reife Melonen. Das musste ihn doch anmachen. Dem würde er sich nicht entziehen können. Er war Italiener, hatte ein Auge für die Schönheit. Würde er sie sonst verabschieden mit "Tschau, Bella"? War das nur eine höfliche Floskel?

Sie stand noch am offenen Fenster. Glória hatte ihr eine Zigarette dagelassen. Sie rauchte und dachte: "Das Ding drehe ich! Hier verkümmere ich nicht mehr lange."

48

Was Amélia nicht wusste, sie würde bei Giovanni eine offene Tür einrennen. Denn bei ihm war es umgekehrt wie bei ihr. Er mochte vor allem ältere Frauen. Die jüngeren waren ihm zu anspruchsvoll und zickig. Die Älteren hatten ihre Zickigkeit entweder abgelegt oder es war schlimmer geworden. Eins von beiden. Und vor allem waren sie in ihrem kommenden Verblühen dankbar für die Zuneigung. Was waren schon 17 Jahre Altersunterschied!? Amélia mit ihren 48 war immer noch eine attraktive Schönheit. Hätte sie bei seinem "Tschau, Bella!" genauer hingehört, hätte sie merken können, dass es keine Floskel war, sondern von Herzen kam. Aber was sollte er machen? Sie war seine Patientin und er durfte sich ihr nicht über das berufliche Maß hinaus nähern. Immerhin hatten sie auch über private Angelegenheiten gesprochen, und er wusste, dass sie geschieden und solo war und in Montijo bei Lissabon wohnte. Bis dahin waren es nur dreißig Kilometer. Noch ein paar Wochen warten. Das musste er aushalten, auch wenn bei ihm, wenn er sie massierte, etwas ziemlich in die Höhe ging. Das war ihm peinlich. Aber das sah sie Gott sei Dank nicht, weil sie ihre Wange auf die Pritsche gepresst und die Augen geschlossen hatte. Manchmal hatte sie dabei gelächelt, und er hätte gerne gewusst warum. Doch eine gewisse

Zurückhaltung hatte ihm diese Frage verboten. Er konnte nur vermuten, dass ihr seine Massage gefiel.

Es würde noch ein paar Jahre dauern, bis er genug gespart hatte, um seinen Traum zu verwirklichen und eine eigene Praxis zu haben. Manchmal hatte er auch Heimweh nach Sizilien, nach seiner Familie, den Eltern, den drei Brüdern und den Freunden. Hier in Oeiras hatte er noch keinen Anschluss gefunden, war auch selten ausgegangen, um das Geld zu sparen. In Taormina, da, wo die Familie wohnte, wäre das anders. Und oben in Taormina, das gefiel ihm besser als Oeiras. In seiner Heimat hatte man den Blick auf den rauchenden Ätna und das in der Tiefe glänzende Mittelmeer. In Taormina hatte er seine Jugend verbracht und oft auch vor einer imposanten Kulisse die Konzerte im Amphitheater besucht. Und unten am Strand hatte er mit 17 seine erste Liebe erlebt. Luisa, eine 52jährige Frau aus Catania. Unvergessen ihre zärtliche Einweisung in die Geheimnisse des weiblichen Körpers. Unvergessen das Rauschen des Meeres in dieser Nacht und das Leuchten der Sterne am Firmament. Ein ganzes Jahr war er mit dem Zug immer wieder nach Catania gefahren, um in ihren Armen liegen zu können. Bis sie eines Tages verschwunden war und ihm niemand sagen konnte, wohin. Aber die Erinnerung an sie war geblieben. Und jetzt war es Amélia, die ihm nicht mehr aus dem Sinn ging.

49

Am Samstagmorgen hatten sie ein Musikgeschäft im Stadtteil Flamengo besucht. ´Pro Musica` in der Rua Carioca. "Sieh nicht auf den Preis", hatte Cecília gesagt, "sondern auf die Qualität." Er hatte sich für ein´Casio Digital` entschieden, im klassischen Pianodesign. ´Dieses Klavier lässt das Herz ambitionierter Musiker höher schlagen` hieß es in der Werbung. Nicolai probierte es aus und war mit dem Klang zufrieden. Wie das mit den zahlreichen einzelnen Funktionen war, würde er noch zu Hause herausfinden. Der Akustiksimulator reproduzierte tatsächlich den echten Klang eines Flügels. Und durch Dämpferresonanz wurde das Loslassen der Saite beim Drücken des Haltepedals simuliert. Cecília bestand darauf, das Klavier noch am selben Tag zu liefern, denn Nicolai musste für seinen ersten Soloauftritt sein Repertoire erweitern. Um Samba, Reggae und den Samba-Reggae, der in Bahia entstanden und eine Mischform aus brasilianischem Samba Duro und jamaicanischem Reggae war. Fünf Stunden am Piano zu sitzen, selbstverständlich mit Pausen dazwischen, und das Publikum zu unterhalten, erforderte eine intensive Vorbereitung. Zum Piano hinzu kamen noch ein höhenverstellbarer Hocker, ein Notenständer und zwei Notenmappen mit Samba- und Reggaemelodien.

"Denke auch daran", sagte Cecília, "dir von Lucas einen Vertrag geben zu lassen. Der Handschlag ist zwar für euer persönliches Verhältnis genug und bindend. Du kannst ihm vertrauen. Aber für die Policia Federal und dein Visum brauchst du das alles schriftlich. Wir werden recht bald da auftauchen, um zu erfahren, ob die noch andere Dokumente haben wollen. Zum Beispiel eine Geburtsurkunde. Die könntest du rechtzeitig online beantragen. Ich möchte nicht, dass du nach drei Monaten hier raus musst und erst nach drei Monaten wiederkommen darfst. Das halte ich nicht aus."

"Ich auch nicht", gab er zu. "Geübt wird Morgen. Jetzt gehen wir noch in den Supermarkt und kaufen für heute Abend zwei Flaschen Wein. Ich liebe es, mit dir auf der Terrasse zu sitzen und zu reden, so wie wir es die ganzen Abende gemacht haben. Das könnte man auch als Sapiosexualität bezeichnen. Man muss sich ja nicht nur im Bett lieben. Auch das Gespräch kann erotisch sein."

Das Thema, das er dann am Abend drauf hatte, war indes nicht erotisch, aber sie fand es interessant. "Weißt du, Cecília, was mir an Brasilien auch besonders gefällt, ist die Offenheit und Ausgewogenheit der Nachrichten. Wenn ich den Computer hochfahre, bekomme ich das ja mit und lese alles. Ihr seid nicht so einseitig wie wir in Deutschland, wo man den Eindruck bekommt, dass es einen vorgeschriebenen Mainstream gibt. Ihr versucht zum Beispiel im Ukraine-Konflikt beide Seiten zu verstehen. Bei uns wird der russische Präsident einseitig verteufelt. Hier aber erfährt man seine Motive. Ich wusste bis jetzt nicht, dass die Ukraine ziemlich korrupt ist und die vom Westen gelieferten Waffen auch nach Afrika und Arabien verkauft. Ob das wirklich stimmt und in wessen Tasche das Geld wandert, weiß ich nicht. Es wäre eine große Sauerei. Dann würde der Westen die Korruption unterstützen. Traue ich denen auch zu. Wer mit dem Feuer und unserem Leben spielt, macht auch so etwas. Ich habe mein Vertrauen in die deutschen Medien völlig verloren. Das war schon in der Coronazeit so. Da war ich einmal bei einer Demonstration in Koblenz gegen die Maskenpflicht. Die Demonstration ist völlig friedlich verlaufen. Aber im Fernsehen wurde erzählt, es hätte Krawalle und Ausschreitungen gegeben. Ich hätte noch viele andere Beispiele für diese Manipulationen. Und was den gefährlichen Konflikt zwischen Russland, der Ukraine und Europa betrifft, kann ich dem amerikanischen Präsidenten nur recht geben. Der hat gesagt, dass sich da Narren unter Narren befinden. So, Schluss mit dem Thema. Wäre das Piano nicht so schwer, würde ich es jetzt auf die Terrasse bringen und für dich ein weiteres Stück spielen. Ich denke da an einen Song von Roberto Carlos. Além do Horizonte. Além do horizonte deve ter algum lugar bonito pra viver em paz - Jenseits des Horizonts muss es einen schönen Ort geben, um in Frieden zu leben. Komm, wir hören uns das im Smartphone an und tanzen!"

50

Am Sonntagmorgen begann er, sich ein Repertoire zusammenzustellen. Er hatte die Tür seines Zimmers geschlossen, aber Cecília kam und sagte: "Lass sie bitte auf. Ich habe hier drei Jahre still und einsam gelebt, freue mich, dass es jetzt anders ist. Es stört mich nicht, wenn du spielst."

Er beherzigte Oliveiras Tipp, überwiegend flotte Stücke auszusuchen, also vivace, vivo, presto und prestissimo. Nur gelegentlich etwas Langsames zum enger Tanzen und Schmusen, also adagio und andante.

"Wir Brasilianer lieben mehr das Flotte", hatte Oliveira gesagt. "Kaum hören wir Musik", geraten wir auch schon in Bewegung." Und halb im Scherz hatte er hinzugefügt: "Du siehst das ja schon bei unseren Frauen. Die gehen mit wiegenden Hüften."

"Werden manchmal auch bestimmte Songs von deinen Gästen gewünscht?" hatte Nicolai gefragt.

"Ja, kann vorkommen. Aber da musst du dich noch nicht drauf einlassen. Du kannst ja nicht alles kennen."

"Wird aber gehen. Allerdings müssten die Wünsche in den Spielpausen kommen. Ich werde Cecílias Tablet mitnehmen, suche den Song und höre mir das an. Dann wird die Melodie am Piano nachgespielt. Und dann habe ich noch die Notenmappen mit Samba und Reggae. Wie sieht das bei dir aus? Was gefällt dir besonders? Das kann ich auch ins Programm aufnehmen."

"Oh ja! Reggae. Bob Marley und auch noch andere. Ich habe mal ein Jahr in Jamaika gelebt. Die Jungs sind irre. Und irre war auch diese bekiffte Zeit. Die Lyrics der Songs sind ganz besonders, sehr poetisch. Nimm unbedingt das Cannabis-Lied auf. ´Smoking Love`. Von Prince Fatty. Da kann ich sogar noch den Text. Come on, I wanna smoke a little spliff with you, I wanna get high, I wanna get low. Lord knows I'm not a fool, I'm just crazy for you. Die Strandpartys, der Rum, die Weiber. Dass ich das überlebt habe! Nicolai, fliege nie dahin! Du kommst nicht mehr zurück." Oliveira geriet ins Schwärmen. "Weißt du, die Laura, die Frau an der Conga, die erinnert mich immer daran. Das ist auch so eine. Die kriegst du nicht mehr aus dem Sinn und den Reggae nicht mehr aus dem Blut. Aber ich kann mich nicht beschweren. Meine Mulattin ist auch nicht ohne. Sonst würde ich sie ja nicht heiraten. Aber mit Cecília bist du auch auf der richtigen Schiene."

Er erinnerte sich an diese Worte, musste lächeln. In diesem Moment kam Cecília und brachte ihm eine Tasse Kaffee.

"Woran denkst du?" fragte sie. "Was macht dich so fröhlich?"

"Du!" antwortete er.

51

"Danke für das Kompliment!" sagte Cecília. "Und Brasilien? Stimmt dich auch fröhlich?"

"Oh ja. Ich lese dir mal was vor. Habe mir das Buch in deinem Computer runtergeladen. Ist von Stefan Zweig. 1941 erschienen. Titel: ´Brasilien – Land der Zukunft`. Ich übersetze es dir ins Portugiesische.

Er stand vom Piano auf, setzte sich vor den Computer, fuhr ihn hoch. "Kindle-Bibliothek. Hier ist es. In der Nazizeit wurden Zweigs Bücher verboten, kamen auf die Liste der Bücherverbrennungen. 1940 ist er nach Brasilien ausgewandert. Zu seiner Ankunft in Rio schreibt er:

Ich war fasziniert und gleichzeitig erschüttert. Denn hier trat mir nicht nur eine der herrlichsten Landschaften der Erde entgegen, diese einzigartige Kombination von Meer und Gebirge, Stadt und tropischer Natur, sondern auch eine ganz neue Art der Zivilisation.

Er meint damit die "friedliche" Gesinnung und die "humane Haltung. Er schreibt weiter:

In diesem – meiner Meinung nach dem wichtigsten – Sinne scheint mir Brasilien eines der vorbildlichsten und darum liebenswertesten Länder unserer Welt. Es ist ein Land, das den Krieg haßt.

"Ich kann dem nur zustimmen, empfinde es genauso. Die Toleranz in diesem Schmelztiegel verschiedenster Hautfarben ist einzigartig. Ein Vorbild und

Beispiel für das hochmütige Europa mit seinen Problemen. So, und wenn man dann noch eine Frau hat, wie du es bist, ist das Glück perfekt."

"Schmeichler! Übertreibe nicht!"

"Ist gar nicht übertrieben. Isso é assim. Es ist so. Auch dass ich Morgen wieder am Piano sitzen darf, ist ein großes Glück. Oliveira hat mir ganz unkonventionell den Job gegeben."

"Hast du dir als Pianist verdient. Das Glück ist auf seiner Seite."

"Gut. Auf beiden. Und noch etwas: Das gesellschaftliche Leben ist hier ganz anders, lebendiger, herzlicher. In der eigentlich kurzen Zeit, die ich jetzt hier bin, hast du dreimal Freundinnen eingeladen. Sollte ich sie bei der Begrüßung zu lange im Arm gehalten haben, entschuldige ich mich dafür."

"Brauchst du nicht. Die mögen das."

52

Als er am Montagabend um Viertel vor Sieben ins ´Blue-Blue` kam, fragte Oliveira: "Tudo bem?" – Alles gut?

"Sim. Tudo bem. Das Repertoire für heute Abend steht."

"Lampenfieber? Vorher noch ein Glas Rotwein?"

"Nein. Aber einen Kaffee."

Oliveira winkte Marly, die schon hinter der Theke stand, rief: "Bitte einen Kaffee für unseren Pianist!"

Um Sieben begann sich das ´Blue-Blue` zu füllen. Immer mehr Gäste kamen. Es hatte sich wohl herumgesprochen, dass Oliveira wieder einen Pianist hatte, der zum Tanz aufspielen konnte.

"Ungewöhnlich für einen Montag", meinte Oliveira. Gut für den Umsatz und für dich. Was wirst du zuerst spielen?"

"Einen Stimmungsmacher. Was ganz Flottes. Michel Teló. ´If I catch you`. Ai se eu te pego. Wenn die Gäste den Refrain kennen, können sie mitsingen. Delicia, delicia!"

Und so war es auch. Kaum hatte er die ersten Akkorde gespielt, da fanden sich auch schon Paare auf der Tanzfläche ein. Andere folgten bald. Auch auf der Terrasse des ´Blue-Blue` ging es munter zu.

Was den Rhythmus von Spiel und Pause betraf, hatte er sich mit Oliveira geeinigt. "Etwa eine Viertelstunde spielen, dann zehn Minuten Pause." Und mit einer launigen Bemerkung hatte der Barbesitzer hinzugefügt: "Müssen wir wegen dem Umsatz so machen. Beim Tanzen trinken die Gäste nichts."

Und dann hatte er auch die Überlegung angestellt: "Wenn das in den nächsten Tagen so weitergeht, brauche ich auch noch einen Garçom. Marly alleine schafft das ja kaum."

"Oh", meinte Nicolai. "Garçom habe ich auch im Programm. Reginaldo Rossi. Launiges Liedchen. ´Kellner, Hunderte von Liebesgeschichten`."

In einer der Pausen entdeckte er Laura und Giovanna von der Band ´Samba no Sangue`. Er setzte sich zu ihnen. "Schön, dass wir dich hier mit an Bord haben. Wenigstens freitags. Wie sieht das denn an anderen Tagen aus? Wir spielen in mehreren Bars in Rio."

"Au, schwierig. Da wird Lucas protestieren."

"Und mal mit uns auf Tournee? In einem Monat haben wir eine Einladung nach Salvador de Bahia. In zwei Pianobars. Würde uns freuen, wenn du mitkommst. Wir haben einen alten Bus. Da passen wir alle rein und auch die Instrumente. Lucas wird dir bestimmt mal eine Woche Urlaub geben."

"Eine ganze Woche?"

"Ja. Von Rio nach Salvador sind 1500 Kilometer. Das schaffen wir nicht an einem Tag. Unterwegs übernachten wir in Teixeira, im Bus, am Strand. Das wird lustig. Mit Grillen und einigen Getränken."

Laura, die Mulattin mit der Conga lächelte ihm zu. "Frage ihn! Er wird bestimmt nicht ´Nein` sagen."

53

Am Dienstagnachmittag würde sie ihren ersten Ausgang haben. Mit der Gruppe und unter Bewachung. Am Vormittag war Amélia bei Giovanni zur Massage. Sie redeten sich inzwischen mit ihren Vornamen an.

"Bist du heute bei dem Ausflug dabei?" fragte sie ihn.

"Nein. Das macht immer unsere Psychologin."

"Ach, die!" sagte Amélia abfällig.

"Du kannst sie nicht leiden?"

"Wie auch!? Sie lässt mich Bäume zeichnen, guckt sich das tiefsinnig an, und ich muss auch Tintenkleckse deuten, sagen, was mir dabei einfällt."

"Ach, der Rohrschach-Test, die Kleckso-Graphien, um in dein Unterbewusstes zu gelangen. Was könnte das sein, fragt sie dich?"

"Ja. Aber was soll ich schon sagen!? Das ist ein Klecks." Amelia versuchte, die hohe Stimme der Psychologin nachzuahmen. "Sonst sehen Sie nichts? Sie können das Täfelchen auch drehen. Vielleicht kommt dann was." Sie redete wieder normal. "Nur einmal habe ich eine Antwort gegeben, gesagt: "Das sind vögelnde Fledermäuse. Da hat sie mich ganz seltsam angesehen."

Giovanni musste lachen. "Amélia, wegen dem Ausflug und dem Kaffee. Das können wir nachholen. Wenn du mit der Therapie fertig bis, würde ich dich gerne einladen. Ich mag dich nämlich. Du hast irgendetwas Eigenartiges, Spezielles, das mir gefällt."

"Wirklich? Du gefällst mir auch. Aber warum sollen wir solange warten? Ich verrate dir jetzt etwas. Ich werde bei dem Ausflug abhauen, die Therapie hier beenden. Wir könnten uns heute Abend im Ort treffen."

Er verschränkte die Arme hinter seinem Kopf, blickte zur Decke. "Das willst du machen?"

"Wer will mich daran hindern!? Ich habe keine Lust mehr hier herum-zuhängen. Das Einzige, worauf ich mich freue, sind deine Massagen."

"Und wo willst du hin? Sie werden dich suchen?"

"Ich verstecke mich irgendwo am Strand. Sie finden mich nicht. Wir könnten uns am Abend im ´A Quinta` treffen."

"Du kennst das Restaurant? Du warst schon mal da?"

"Nein. Das habe ich im Internet recherchiert."

"Im Internet? Wie denn?"

"Mit meinem Smartphone. Ich habe denen mein altes gegeben, das ich nicht mehr brauche. Ich wusste ja vorher, dass sie einem das abnehmen."

"Raffiniert. Und du bist dir sicher, dass du abbrichst? Wie willst du die Flucht anstellen?"

"Entweder durch das Toilettenfenster oder ich laufe einfach so weg. Die Psychotante wird so schnell nicht sein.

Außerdem ist bei dem Ausflug eine Freundin dabei, Gloria. Die ist eingeweiht und würde die Tante ablenken."

"Und die Sachen, die du hier noch hast? Du kannst sie schlecht mitnehmen."

"Ach, die Sachen. Ein paar Kleidungsstücke. Toilettenartikel. Sportschuhe und so weiter. Alles ersetzbar."

"Amélia, Amélia. Du bringst mich in Versuchung. Aber das mit dem Restaurant gefällt mir nicht. Sie könnten dich finden. Ich habe eine andere Idee. Da bist du sicher. Du bekommst den Schlüssel zu meinem Appartement, Da wartest du auf mich. Das ist in Strandnähe, fast neben dem Bahnhof ´Santo Amaro`. Die Adresse ist: Avenida Pedro Alvares Cabral 102. Erster Stock. Mein Name steht an der Tür. Den kennst du ja."

"Oh, wie schön!" rief sie und fiel ihm um den Hals. "Dann können wir uns jetzt wenigstens schon mal küssen."

54

Das Café ´Alto da Barra` lag in Nähe des Strandes. Um Viertel nach drei war die 12 Personen große Gruppe dort angekommen. Die begleitende Psychologin bedachte Amélia mit einem aufmerksamen Blick, sagte: "Heute sehen Sie ja richtig zufrieden aus, Frau Alves. Das ist schön. Vielleicht kommen wir in Zukunft auch etwas besser miteinander zurecht."

"Ja, gewiss!" stimmte Amélia zu. "Ich freue mich einfach über den Freigang. Endlich mal raus aus der Klinik. Auch wenn es nur für eine Stunde ist."

"Setzen Sie sich an die Tische, wie Sie wollen", gab die Psychologin die Wahl frei. Amélia sah Gloria an, machte eine knappe Kopfbewegung in Richtung Therapeutin, was bedeuten sollte: Setz dich bitte neben sie, falls ich nicht durch das Toilettenfenster abhauen kann.

Sie selbst setzte sich an einen Tisch in Nähe des Ausgangs, bestellte sich einen Kaffee. Nach einer Weile stand sie auf, ging unter dem fragenden Blick der klinischen Begleiterin auf die Toilette. Dort stellte sie enttäuscht fest, dass es nur ein kleines Fenster gab, durch das sie sich unmöglich hindurchzwängen konnte. Aber immerhin hatte sie jetzt die Möglichkeit, ihr Smartphone zu nehmen und zu sehen, in welche Richtung sie gehen musste, um zum Bahnhof Santo Amaro zu gelangen. Sie kehrte zu ihrem Platz zurück, wo sie noch mit drei anderen Frauen saß, nickte, als sie an Glorias Tisch vorbei kam, ihrer Freundin zu. Die wusste jetzt Bescheid. Gloria zog ein Foto aus ihrer Hosentasche, wandte sich an die Aufpasserin: "Sie haben mich doch neulich nach meiner Familie gefragt. Hier ist sie. Das da ist Emilio, mein Mann. Daneben Franzisko, unser Sohn. Er studiert in Lissabon, macht aber bald Examen. Und der Hund gehört auch zur Familie. Eine Hündin. Sie heißt Zora. Das bedeutet ´Morgenröte`."

"Ja, schön", meinte die Psychologin. "Da kommen Sie nach der Therapie ja in allerbeste, stabile Verhältnisse."

Sie sah auf, ließ ihren Blick über die Tische schweifen. An dem Tisch in Nähe des Ausgangs saßen nur drei Frauen. Es waren vier gewesen. Wo um Himmels Willen war Amélia!?

Sie sprang auf, ging zu dem Tisch, fragte. "Die Frau Alves. Wo ist sie?"

"Die wollte draußen eine rauchen. Hat sie uns gesagt. Die kommt gleich wieder."

Sie ging zum Ausgang, sah nach links, nach rechts. Amélia war verschwunden.

55

Amélia hatte sich am Ausgang des Cafés nach links gewandt, war die Rua Aljubarrota entlang geeilt, hatte sich mehrere Male umgedreht, aber niemand war ihr gefolgt. Bald kam eine Rechtskurve, die sie dem Blick vom Café aus entzog. Sie erreichte die Avenida Marginal, die parallel zum Strand verlief. Als sie auf Höhe des Bahnhofs Santo Amaro war, bog sie, etwas langsamer werdend und sich sicherer fühlend, in die Rua João Neva ein und traf nach ein paar hundert Metern die Avenida Pedro Alvares Cabral. Das Haus mt der Nummer 102 hatte sie rasch gefunden, öffnete unten das Eichenportal mit dem Schlüssel, den er ihr gegeben hatte, stieg die hölzerne, mit einem dunkelroten Teppich belegte Treppe hoch, las im ersten Stock seinen Namen. Giovanni Bertolini. Sie öffnete die Tür, kam durch einen schmalen, kurzen Flur in sein Appartement, das groß und geräumig genug war für eine Einbauküche, eine Sitzecke mit zwei Sesseln und einem Sofa. Auf einem Schreibtisch standen ein Computer und ein Drucker, darüber ein Regal mit Büchern. Das Bett entdeckte sie hinter einem Vorhang in einer Nische, die gerade groß genug war für einen Kleiderschrank an der Seitenwand. Eine Tür führte ins Bad. Erfreut stellte sie fest, dass er im Kühlschrank zwei Flaschen Vinho Verde und eine Flasche Gin hatte. Sie ignorierte den Gin, öffnete eine der Weinflaschen, nahm aus einem Schrank über der Arbeitsfläche ein Glas, goss es randvoll, trank. Oh, wie das schmeckte und guttat! Und dann entdeckte sie neben dem Computer ein Päckchen Winston. Schön, er rauchte also. Auch im Zimmer? Das wusste sie nicht. Sie öffnete ein Fenster zur Straße hin, sah hinaus, rauchte, trank den Wein. Freiheit. Endlich wieder Freiheit. Sie sah auf ihre Armbanduhr. Es war halb Vier. Er arbeitete bis um Fünf, kam dann zu Fuß von der Klinik, wäre gegen halb Sechs da.

Sie zog ihr verschwitztes Kleid aus, ging ins Bad, nahm eine Dusche, durchforschte danach seinen Kleiderschrank, fand einen weißen Bademantel. Sie genehmigte sich ein zweites Glas Wein, stand damit am Fenster, rauchte, wartete.

Gegen halb Sechs sah sie ihn kommen. Sie wartete auf das Klingelzeichen, drückte den Türöffner, hörte ihn die Treppe hochgehen. Sie öffnete die Flurtür. Er kam mit einem Grinsen herein, sagte: "Wunderbar. Du bist da. Alles gutgegangen."

Sie schloss die Tür, stellte sich vor ihn, schlug den Bademantel zurück, so dass er alles sehen konnte, sagte: "Komm mein Schatz! Wir haben lange genug damit gewartet."

56

Nicolai sah am Mittwoch von der Terrasse aus, wie sie mit ihrem Wagen aus der Garage kam, um zur Favela Rocinha zu fahren. Sie hatte sich nicht umstimmen lassen, noch einmal bekräftigt: "Ich lasse mich von dieser Drohung nicht einschüchtern."

Er ging in sein Arbeitszimmer, setzte sich an das Piano, durchblätterte die Notenmappe mit den Sambastücken, empfand aber keine rechte Freude daran, sein Repertoire zu erweitern. Irgendwie war die innere Unruhe stärker. Er schloss die Mappe wieder, stand auf. Das Publikum am Abend wäre nicht dasselbe wie am Montag und Dienstag. Warum sollte er nicht Songs dieser beiden Abende wiederholen? Aber was war das bloß? Dieses Gefühl, dass an diesem Tag etwas nicht stimmte. Meldete sich da sein `sexto sentido`, sein sechster Sinn, oder war es einfach nur die Überlegung, dass ihm sein kurzes Glück vom Schicksal geraubt werden könnte. Was den sechsten Sinn betraf, erinnerte er sich an einen Vorfall, der viele Jahre zurücklag. Da hatte er im Radio SWR gehört, die Sendung ´Erkennen Sie die Melodie?`. Klar erkannte er die Passage aus dem zweiten Satz von Mendelssohns ´Italienischer Sinfonie`. Er rief bei dem Sender an, kam durch, hatte bei der nachfolgenden Verlosung den ersten Preis gewonnen. Rundflug mit dem Hubschrauber über das schöne Mittelrheintal. Von Bonn bis Bingen und zurück. Aber einen Tag, bevor er fliegen sollte, hatte er ein sehr seltsames Gefühl und sich entschlossen, nicht in den Hubschrauber einzusteigen. Er hatte beim SWR angerufen, den Rundflug abgesagt.

"Ja, danke, dass Sie sich noch rechtzeitig gemeldet haben. Es sind noch andere Kandidaten durchgekommen. Wir haben Ersatz."

Am nächsten Tag hatte er in den Nachrichten erfahren, dass der Hubschrauber abgeschmiert und in den Rhein gestürzt war. Ausgerechnet in Nähe der Loreley.

Um sich abzulenken verließ er das Penthaus, stieg in Nähe des Hochhauses in den Bus 553, fuhr entlang der Avenida Princesa Isabel zur Copacabana, setzte sich dort an einen der Stände, bestellte sich ein Bier, beobachtete das muntere Treiben dort, wunderte sich über die knappen Tangas der Frauen, dachte dabei aber nur an Cecília. Am frühen Nachmittag kehrte er zurück ins Penthaus, wanderte auf der Terrasse herum, setzte sich manchmal, stand wieder auf, bereitete sich einen Kaffee. Die Zeit bis zu ihrer Rückkehr schien sich endlos zu dehnen. Ausgerechnet an diesem Tag hatte sie ihm gesagt:

"Kann sein, dass ich wieder um Fünf zurück bin. Kann aber auch etwas länger dauern. Dann komme ich von der Favela direkt ins ´Blue-Blue`."

Eine Viertelstunde vor Fünf stand er am Rand der Terrasse, blickte nach unten zur Straße und auf die Garageneinfahrt. Aber der weiße Citroën kam nicht. Als es sechs

Uhr war, rief er sie an. Ihr Handy blieb stumm. Auch als er es um halb Sieben noch einmal versuchte. Ein paar Minuten vor Sieben erschien er im ´Blue-Blue`, in der Hoffnung, sie wäre schon da. Aber sie war nicht da. Stattdessen fragte ihn Oliveira: "Nicolai, was ist los? Nach Freude am Spielen sieht das heute nicht aus." Da erzählte er ihm von dem Zettel, der Pistole, der Drohung und Cecílias Starrsinn. Oliveira versuchte nicht ihn zu beruhigen, sondern sagte nur: "Das hat sie unterschätzt. Du musst heute Abend nicht spielen. Ich mache heute selbst den DJ. Das Tanzen kann ich nicht absagen."

57

Auf der Fahrt zur Favela überlegte sie. War das wirklich Starrsinn, Leichtsinn, wie Nicolai es ihr vorgehalten hatte? Was verstand er von ihren Gefühlen? Kannte er diese Wunde, die nie verheilte? Musste sie nicht verhindern, dass auch andere Mütter hinter dem Sarg ihres Kindes einher-gingen? Und schließlich: Niemand kam in die Favela, ohne dass der Herr des Hügels, Johnny Cool, seine Zustimmung gegeben hätte. Als sie ankam, um ihren Wagen abzustellen, war fast alles so wie immer. Am Eingang zur Favela stand dieser hagere, hochaufgeschossene Mann, den sie den ´Luftgetrockneten` nannten, spielte den Portier. Zweifellos war er einer von Johnnys Gesellen. Aber an diesem Morgen stand noch ein zweiter Mann neben ihm und sah zu, wie sie den Wagen parkte. Als sie ausstieg, spürte sie plötzlich diesen Druck im Rücken, als würde jemand seinen Finger hineinbohren. "Nicht umdrehen!" hörte sie eine Stimme. "Sonst knallt es. Du begleitest uns heute an der Schule vorbei. Unauffällig. Wir nehmen dich in die Mitte, du gehst mit uns. Der Revolver bleibt in Hüfthöhe. Schließ den Wagen ab und gib mir den Schlüssel. Du kannst dich umdrehen und kommst mit."

Als sie den Wagen abschloss und sich umdrehte, blickte sie in das Gesicht des Luftgetrockneten, sah die Narbe, die sich über seine rechte Wange zog. Neben ihm stand der zweite Mann. "Komm!" sagte der. "Schlüssel her! Halte dich daran, was wir gesagt haben."

Sie gab ihm den Schlüssel, fragte: "Warum macht ihr das?"

"Johnny hat es nicht gerne, wenn man ihm den Umsatz schmälert. Wir haben dich gewarnt."

Die Beiden nahmen sie in die Mitte. Sie spürte den Lauf des Revolvers an der Hüfte. Es ging den Weg hoch, an der Bäckerei vorbei, an der Kneipe, wo schon draußen an einem Tisch die ersten Männer saßen, um sich das Elend der Welt mit Cachaça wegzusaufen. Sie beachteten die Drei nicht. Dann ging es weiter an der Schule vorbei, hoch zu einer Hütte am oberen Rand der Favela. Der Luftgetrocknete öffnete die Tür, der andere schob Cecília hinein.

"Streck deine Hände aus!" befahl er und riss ihr die Tasche weg. Mit einem Kabelbinder verschnürte er ihre Handgelenke. "Setz dich da auf den Stuhl! Wenn du schreist, verstopfen wir dir das Maul." Er durchsuchte Cecílias Handtasche, holte das Smartphone heraus, sagte: "Schön, genau das brauchen wir. Wenn du gehorsam bist, lassen wir dich in ein paar Tagen frei. Machst du Probleme, bist du tot. Man darf Johnny nicht in die Quere kommen."

58

"Was habt ihr vor?" fragte Cecília.

"Du wirst Johnny deine Schulden zurückbezahlen", sagte der Luftgetrocknete. "Ein Teil ist mit dem Wagen erledigt. Aber da fehlen noch 50 000 Reais. Die gibt uns dein Alemâo, wenn er dich lebend wiedersehen will."

"Er hat kein Geld."

"Er wird welches beschaffen."

"Wie denn?"

"Das ist seine Sache und auch deine. Du bist reich. Das wissen wir. Du kannst das Geld auch online überweisen. Du hast ja ein Smartphone und weißt, wie das geht. Und erzähl uns bloß nicht, du wüsstest deinen Code nicht."

"Ich habe ein Limit von 5000 Reais. Mehr kann ich nicht überweisen. Da müsste ich persönlich bei meiner Bank erscheinen."

"Das würde dir so passen. Das machen wir nicht. Du rufst Morgen deinen Deutschen an und sagst ihm, was Sache ist. Und sagst ihm auch, wenn er die Polizei einschaltet, sieht er dich nie wieder. Jetzt kümmern wir uns erst einmal um den Wagen."

Er gab seinem Kumpan, dem sie den Schlüssel gegeben hatte, mit der Hand ein Zeichen. Der verließ die Hütte. Der Luftgetrocknete blieb, zog sich einen Stuhl heran, setzte sich an einen Tisch, legte den Revolver darauf und ihr Smartphone daneben, dann zündete er sich eine Zigarette an.

"Wenn du mit uns zusammenarbeitest, tun wir dir nichts. Machst du es nicht, wissen wir, wo wir unsere Zigaretten ausdrücken. Du hast Glück, dass Johnny ein Herz für schöne Frauen hat. Wir hätten es nicht. Bei uns würde die Sache kürzer laufen. Ist bei deinem Smartphone die Ortung eingeschaltet? Ach, wozu frage ich dich? Ich sehe selber nach."

Er nahm Cecílias Handy, fummelte kurz daran herum, sagte: "Na, die schalten wir mal schnell aus, damit dich niemand finden kann. Weiß dein Alemâo überhaupt, wo du jeden Mittwoch bist?"

"Er weiß es. Kann ich mit Johnny sprechen?"

"Das geht nicht."

"Darf ich meinen Freund anrufen? Er wird sich Sorgen machen, wenn ich nicht zurückkomme."

"Geht auch nicht. Erst muss dein Wagen versorgt sein."

"Er wird die Polizei einschalten, wenn ich ihn heute nicht anrufe."

"Polizei? Hilft nicht. Die kümmern sich erst nach einer Woche, wenn jemand verschwindet. Und merke dir für den Fall, dass du hier lebend rauskommst, erzähle niemandem, wo du warst. Wir finden dich. Und deinen Deutschen auch. Und jetzt halt die Klappe und rede nicht so viel."

59

"Bleibe diese Nacht nicht alleine", sagte Oliveira zu Nicolai, als er gegen Zwölf das ´Blue-Blue` schloss. "Du kannst mit zu uns kommen. Wir haben genug Platz."

"Soll ich nicht lieber zur Polizei gehen?"

"Nein, auf keinen Fall. Sie werden dir sagen, jede Person hat das Recht für eine Nacht oder mehrere zu verschwinden. Sie werden nichts tun, dir empfehlen: ´Kommen Sie in drei Tagen wieder!` Oder sogar erst in einer Woche."

"Und wenn ich ihnen von der Drohung erzähle?"

"Ein Polizeieinsatz in der Favela bringt Cecília in große Gefahr." Er wollte noch hinzufügen: Falls sie noch lebt. Er unterließ diese Bemerkung aber. Statt dessen sagte er: "Du kannst im Moment nichts tun, Nicolai, nur warten. Ich kann mir vorstellen, wie schwer das ist. Aber ich vermute, diese Gangster werden sich bei dir melden und ein Lösegeld verlangen."

Oliveira zog ein Päckchen Zigaretten aus seiner Hosentasche, zündete sich eine an. "Gib mir auch eine!" bat ihn Nicolai. "Habe ich zwar lange nicht mehr. Aber jetzt ist es wieder so weit. Ich halte die Ungewissheit nicht aus. Mein Gott, da treffe ich die Frau meines Lebens und dann so etwas! Hätte sie doch auf mich gehört!"

"Das bringt jetzt nichts", sagte Lucas Oliveira. "Ich kenne ihre Vorgeschichte. Sie wollte sich engagieren im Kampf gegen Drogen. Auch unter Gefahr. Anderen dieses Leid ersparen. Ich Idiot rate dir auch noch, den Cannabis-Song in dein Repertoire aufzunehmen. ´Smoking Love`. Streiche ihn!"

"Und ich Idiot spiele ihn. Genau an dem Abend, als sie dabei war. Gedankenlos!"

"Nicolai, ich mache dir einen Vorschlag. Es hilft nichts, wenn du dir jetzt die ganze Nacht das Gehirn zermarterst. Du wirst deine Nerven wahrscheinlich Morgen brauchen. Ich gebe dir eine Schlaftablette. Dann legst du dich bei uns auf das Sofa. Du kannst im Moment nichts anderes tun. Okay?"

Nicolai nickte müde. "Ja, du hast recht. Aber es ist ein Scheißgefühl, nichts tun zu können, einfach nur warten müssen. Mit banger Hoffnung, mit welchem Ergebnis? Dem Schlimmsten?"

60

"Wir müssen hier nicht rumhängen und sie zu Zweit bewachen", sagte der Luftgetrocknete am Abend. "Du übernimmst die erste Nacht. Aber wir fesseln sie noch an den Fußgelenken. Man weiß bei dir ja nie. Falls du einschläfst."

"Ich schlafe nicht ein", protestierte sein Kumpan. Er war gegen Mittag zurückgekommen, hatte erzählt: "So, der Wagen ist in unserer Werkstatt in Ipanema. Wird umgespritzt von Weiß nach Schwarz und bekommt neue Nummernschilder mit den

Papieren dazu. Guter Schlitten. Der bringt noch Geld, hat erst 12 000 Kilometer, ist die Version Turbo CVT, kostet neu 98 000 Reais."

"Reicht nicht. Habe mit Johnny telefoniert. Da müssen noch 50 000 drauf. Gib mir mal zwei Kabelbinder!"

Als der Luftgetrocknete ihre Fußgelenke fesselte, sagte Cecilía: "Könnt ihr mir nicht die Handgelenke etwas lockern. Es schmerzt. Außerdem habe ich Durst."

"Lockern? Von wegen. Wasser kannst du haben."

Er ging selbst zu einem Kühlschrank, kam mit einer Flasche Wasser zu ihr, setzte sie ihr an den Mund. Sie trank gierig.

"Lass die Finger vom Bier, das noch da ist. Kein Tropfen Alkohol, hat Johnny gesagt, solange wir noch zu tun haben", sagte der Luftgetrocknete. "Und schließ die Tür hinter mir ab, damit die Kleine uns nicht weghüpft. Steck den Schlüssel in die Hosentasche und pass bloß auf den Revolver auf. Wenn ich Morgen früh zurückkomme, ist hier alles okay. Verstanden?"

Der Luftgetrocknete war offensichtlich der Vizeboss der Bande. Sie redeten sich nicht mit Namen an. Die richtigen Namen sollten geheim bleiben, die durfte niemand hören, der nicht Mitglied der Bande war. Dem Luftgetrockneten hatten die Bewohner seinen Spitznamen verpasst, wegen seiner dürren Figur und den Falten im Gesicht, die er bestimmt nicht vom Lachen hatte. Er sah da aus wie eine Salami. Jeder in der Favela kannte ihn, weil er den Portier, den Wächter, den Kontrolleur am Eingang spielte.

In der Nacht fand Cecília kaum Schlaf. Nur einmal fielen ihr vor Erschöpfung die Augen zu. Da kam der Kumpan des Luftgetrockneten, rüttelte sie an der Schulter. "Hier wird nicht geschlafen." Offensichtlich sollte sie auch damit gefügig gemacht werden. Sie dachte an Nicolai, an die Sorgen, die er sich machen würde. Wie sollte er bloß das Lösegeld beschaffen? Und was würde dann aus ihr? Der Kabelbinder an den Handgelenken schnitt ihr ins Fleisch. Der Luftgetrocknete hatte ihn ganz stramm gezogen. Sie versuchte, die Fessel zu lockern. Aber die gab keinen Millimeter nach.

61

"Du strahlst ja richtig", sagte Giovanni am Morgen beim Frühstück. "Als du zu uns kamst in die Klinik, sahst du noch etwas, na ja, angegriffen aus. Aber eine schöne Frau warst du für mich trotzdem von Anfang an."

"Danke!" sagte Amélia. "Du tust mir eben gut. Du bist die bessere Therapie. Habe ich ja gewusst. Giovanni, darf ich noch ein paar Tage hierbleiben? Ich möchte jetzt noch nicht in mein Haus zurück. Die ganzen Erinnerungen an das letzte Jahr, die dann wach werden."

"Ja, gerne. Ich lasse dir die Schlüssel da, falls du raus willst. Sie können dich ja nicht verhaften, bloß weil du eine Therapie abgebrochen hast. Die zudem schon bezahlt ist. Wenn du Lust hast, kannst du für heute Abend etwas einkaufen im Supermarkt. Du gehst nach links aus dem Haus, bleibst auf der Avenida. Nach anderthalb Kilometern läufst du direkt auf den Supermarkt ´Bom Dia` zu. Ich gebe dir Geld mit."

"Nein. Brauchst du nicht. Ich bezahle. Hast du einen besonderen Wunsch. Ich bin eine gute Köchin."

"Ja, habe ich. Klingt zwar für einen Italiener vielleicht banal, aber das esse ich gerne."

"Pizza?"

"Nein. Spaghetti Bolognese. Dazu einen Rotwein. Ach ja, und der Kaffee geht zur Neige. Den bezahle ich aber."

"Giovanni, lass das sein! Ich kaufe ein. Ich werde mir ein Taxi bestellen."

"Die sind teuer hier in Oeiras."

"Das macht nichts."

"Du hast wohl zu viel Geld."

"Das verrate ich dir nicht. Also denke nicht über Geld nach. Wenn du zurückkommst, wird geschlemmt. Ich habe gesehen, dass einiges im Kühlschrank fehlt. Du lebst sehr bescheiden."

"Muss ich ja. Eines Tages will ich zurück nach Sizilien."

"Dorthin?" fragte sie und zeigte auf ein Foto an der Wand über dem kleinen Schreibtisch.

"Ja", antwortete er. "Das ist Taormina. Liegt oben auf einem Berg oder genauer gesagt auf einem Hügel. Auf dem Foto siehst du unser Amphitheater, hast von dort einen Blick auf den Ätna und links unten ist das Mittelmeer mit dem schönsten Bahnhof der Welt. Im

Sarazenenstil, fast direkt am Wasser. Wenn ich da ankomme, hüpft mir vor Freude jedes Mal das Herz. Es ist eben meine Heimat. Nichts gegen Oeiras und Portugal, aber in Taormina sind eben meine Familie und die Freunde."

"Wir fahren oder fliegen einmal zusammen dorthin?" fragte sie. "Mit dir würde ich das sehr gerne."

"Meinst du das im Ernst?"

"Ja."

Als er sich verabschiedete, um in die Klinik zu fahren, umarmte und küsste sie ihn und sagte: "Ich kann es kaum erwarten, bis du wieder hier bist."

62

Sie fühlte sich beschwingt, war verliebt. Giovanni ist wohl wirklich die bessere Therapie, dachte sie.. Da konnte man alle Programme vergessen. Die psychologischen, die gymnastischen und die ernährungswissenschaftlichen. Die Liebe war nahrhafter, wirkungsvoller. Und sportliche Bewegungen gab es auch dabei. Und man musste nicht 500 Euro am Tag dafür ausgeben. Verliebe dich und hör mit dem Saufen auf! Jedenfalls, was die hochprozentigen Sachen betrifft. Eine Flasche Wein zu Zweit, wer wollte was dagegen haben!? Und eine Zigarette dabei, trübte sie den Verstand? Nein. Warum taten diese Gesundheitsfanatiker so, als ginge es um die Unsterblichkeit? Die gab es nicht. Eigentlich gab es nur den Genuss zwischen Geburt und Tod. Eine kleine Handvoll Glück, das man finden konnte. Hatte sie es jetzt? Ja, wahrscheinlich ja. Giovanni war zärtlich und einfühlsam gewesen. Und er hatte einen Traum, den sie ihm erfüllen konnte. Als Brasilianerin hing sie nicht unbedingt an Portugal. Italienisch würde sie noch lernen können. "Tschau, Bella!" Wie das geklungen hatte! Musikalisch.

Sie bestellte sich ein Taxi, fuhr zum Supermarkt ´Bom Dia`, bat den Fahrer zu warten, damit er sie wieder zurückbringen konnte. "Lassen Sie die Uhr ruhig laufen!" sagte sie. Dann nahm sie sich einen Einkaufswagen und schlug zu. Als sie an die Kasse kam, war der Wagen voll. Sechs Weinflaschen, weiß und rot, verschiedene Käsesorten, Salami, Mortadella, Parma-schinken, Oliven, Gurken, zwei Ciabattabrote, Spaghetti, Hackfleisch,

Knoblauch, Zwiebeln, Tomaten, Auberginen, Mehl, Kartoffeln, Eier, Chilischoten, Butter, Mascarpone, Waffeln, Amaretto, Kakaopulver – sie verstand sich auch auf Tiramisu – zwei Päckchen Kaffee, Honig, Marmelade und ein Dutzend roter Kerzen für die romantische Stimmung am Abend. An der Kasse legte sie auch ein paar Stofftaschen auf das Band, um alles einpacken zu können. Sie bezahlte mit ihrer Kreditkarte.

Der Taxifahrer half ihr, den Einkauf im Kofferraum zu verstauen und sagte: "So eine Frau wünsche ich mir auch. Ihr Mann muss sehr glücklich sein."

"Ist er auch", bestätigte sie. "Und ich bin es, wenn Sie mir helfen, das alles hochzutragen. Ich bezahle Sie auch dafür."

"Nicht notwendig. Das mache ich gerne."

Im Appartement angekommen, versorgte sie den Einkauf, füllte den Kühlschrank und die Regale darüber. Er sollte ruhig sehen, dass sie genug Geld hatte. Und dann am Abend bei einer Flasche Wein und Kerzenlicht würde sie ihm sagen, dass sie seinen Traum, eine eigene Praxis zu haben, erfüllen konnte.

63

Giovanni dachte an die vergangene Nacht zurück. Eine schnurrende, zärtliche Katze war sie gewesen, Amélia. Sie hatte ihn gefragt: "Macht dir unser Altersunterschied nichts aus? Bin ich nicht zu alt für dich?" Er hatte gelacht, den Kopf geschüttelt. "Nein! Wir sind fast gleich jung. Du bist eine wunderbare Frau!" Das hatte er ernst gemeint. Das war kein lockeres, italienisches Kompliment.

Jetzt um Zehn in der Klinik hätte sie eigentlich bei ihm sein müssen. Er ging zur Psychologin, klopfte an ihre Tür, trat ein, fragte mit gespielter Unschuld: "Die Frau Alves ist heute Morgen nicht zu mir gekommen. In ihrem Zimmer ist sie auch nicht. Haben Sie eine Ahnung, wo sie sein könnte? Sie ist eigentlich immer pünktlich und zuverlässig gewesen."

"Sie hat die Therapie abgebrochen, ist gestern bei dem Besuch des Cafés verschwunden."

"Oh, das kann vorkommen."

"Nicht schlimm für uns. Ihr Mann hat den Vertrag unterschrieben und für die ganzen vier Wochen schon bezahlt."

"Ihr Mann?" Er hatte Mühe, seine Enttäuschung zu überspielen.

"Ja, ihr Mann. Der Herr Alves. Warum interessiert Sie das?"

"Ach, sie hat mir nichts davon erzählt, als ich sie nach ihrem persönlichen Umfeld gefragt habe. Das machen wir doch mit unseren Klienten so. Es ist Bestandteil der Anamnese. Man muss so etwas doch wissen."

"Ja. Aber bei Ihrer Tätigkeit doch nicht unbedingt." Sie sah ihn mit einem fragenden Blick an, den er sich so deutete, dass sie misstrauisch war. Ahnte sie etwas?

Er winkte ab. "Ist ja auch egal. Ich wollte nur wissen, wo sie ist."

Er verließ den Raum, schloss die Tür hinter sich, bereute, dieses Spiel mit der Psychologin gemacht zu haben. Zugleich war er enttäuscht. Oder? Nun gut, dann hatte er eben eine Affäre mit einer verheirateten Frau. Aber sie hätte ihm das ruhig erzählen können. Hoffentlich machte der Ehemann kein Theater. Auf Sizilien gingen solche Fälle nicht immer gut aus. Da konnte ein Messer mal locker sitzen oder die Luft bleihaltig sein.

Als er nach seiner Arbeit zu Amélia zurückkehrte und sie ihm bei der Begrüßung um den Hals fiel und ihn küssen wollte, löste er ihre Hände und meinte mit einem vorwurfsvollen Tonfall: "Du hättest mir sagen müssen, dass du verheiratet bist."

64

"Was ist?" fragte sie erstaunt, trat einen Schritt zurück.

"Du bist verheiratet."

"Wie kommst du darauf?"

"Die Psychologin hat es mir erzählt. Dein Mann hat für dich den Vertrag unterschrieben und den Aufenthalt bezahlt."

"Unsinn. Er ist nicht mehr mein Mann. Wir sind seit drei Jahren geschieden."

"Und warum zahlt er das für dich?"

"Weil mir zur Hälfte seine Firma gehört. Die will er nicht verlieren."

"Das soll ich dir glauben?"

"Ja. Wenn du willst, fahren wir zu mir. Ich zeige dir das Scheidungsurteil. Beruhige dich!"

Er atmete durch. "Na gut. Ich will dir glauben."

"Du musst mir glauben. Es ist so. Er hat seine Firma in Setubal, lebt dort mit einer Frau zusammen. Ich weiß noch nicht einmal, wie sie heißt. Enzo und ich haben ein distanziertes Verhältnis. Es ist aber nicht feindschaftlich. Er denkt an seinen Eigennutz und ich ehrlicherweise auch. Er zahlt einen guten Unterhalt. Dass er mich in die Klinik gebracht hat, hat mit Liebe nichts zu tun."

"Du schläfst ab und zu noch mit ihm?"

"Nein, kann er gar nicht. Er ist 72 und bekommt nur noch sein Konto hoch."

"Wirklich?"

"Ja. Er müsste zwei PackungenViagra schlucken, bekäme aber nur noch einen Herzinfarkt. Da ist seit langem nichts mehr. Komm, lassen wir das Thema. Da ist nichts und da wird nichts sein. Ich habe mich in dich verliebt. Es tut mir gut. Ich mache dir da nichts vor. Lass deinen Zweifel. Die Psychologin hat keine Ahnung."

"Komm!" sagte er. "Lass dich wieder in den Arm nehmen. Es tut mir leid. Aber es sah eben so aus. Ich hoffe, dass die Psychologin nichts bemerkt hat. Ich war zuerst etwas erschrocken, als sie mir das erzählt hat."

"Na und!? Lass sie doch etwas bemerken. Was soll schon passieren!?"

65

"Du kannst wirklich gut kochen", lobte er sie. "Die Spaghetti haben köstlich geschmeckt. Es ist lange her, dass eine Frau für mich gekocht hat. Wahrscheinlich ist es meine Mutter gewesen."

"Ich kann auch noch mehr", sagte Amélia, zog ihn hoch vom Stuhl, führte ihn hinter den Vorhang der Schlafnische. Dort knöpfte sie ihm das Hemd auf, strich mit den Händen sanft über seine Brust, bewunderte die Muskeln.

"Du treibst Sport?" fragte sie.

"Ja, in der Klinik. In unserem Fitnessraum."

"Du bist sehr gut gebaut. So etwas mag ich." Dann ging sie mit ihren Händen tiefer.

Später saßen sie bei Kerzenlicht und einer Flasche Rotwein zusammen. Amélia wollte das Fenster öffnen, um dort eine Zigarette zu rauchen.

"Bleib sitzen!" sagte er. "Was soll das Theater!? Ich habe das hier gemietet. Da müssen wir uns nicht ans Fenster stellen. Die Leute sind ja alle superempfindlich geworden und übertreiben, wenn sie irgendwo eine Spur von Rauch schnüffeln. Früher war das nicht so. Ich erinnere mich an meinen Großvater. Wenn man mit dem sprechen wollte, musste man erst einmal eine dicke Rauchwolke vertreiben. Er liebte Zigarren, hatte immer eine zwischen den Lippen, egal wo er war."

"Er ist wie alt geworden?"

"Er war kurz vor hundert. 98. Er hat sehr gut Akkordeon gespielt, aber, obwohl er eine schöne Stimme hatte, nicht dabei gesungen."

"Warum?"

"Er hätte die Zigarre weglegen müssen. Du magst Musik, Amélia?"

"Oh ja."

"Dann sag mir dein Lieblingsstück. Ich suche es auf dem Smartphone."

"´Corsário` von João Bosco. Er ist Brasilianer. Der Song ist nichts Flottes, eher etwas verträumt. Ich erinnere mich noch an den Text. Meu coração tropical estava coberto de neve." - Mein tropisches Herz war bedeckt mit Schnee.

"Schön. Dann hören wir uns das einmal an."

Als der Song lief, sagte Amélia: "Giovanni, ich möchte mein Leben ändern. Mit dir. Du hast mir einmal erzählt, dass du dir eine eigene Praxis wünschst. Du musst damit nicht warten. Ich verkaufe das Haus in Montijo und wir ziehen zusammen nach Taormina. Was hältst du davon?"

Er sah sie erstaunt an. "Wirklich? Das würdest du machen?"

"Ja, wirklich. Das ist kein Traum. Das ist Realität. Ich will nicht mehr in Montijo wohnen."

"Und dein Mann? Ich meine dein ehemaliger."

"Wir werden uns einigen."

"Dann müsste ich meinen Job hier kündigen."

"Ja. Fällt dir das schwer?"

"Nein. Dann könnte ich der Psychologin sogar die Wahrheit sagen."

"Ich möchte dabei sein, ihr Gesicht sehen. Was würde sie sagen?"

"Nichts. Sie wäre genauso sprachlos wie ich jetzt."

66

Trotz der Tablette hatte er in der Nacht kaum geschlafen, sich unruhig auf dem Sofa hin und her gewälzt. Am Morgen saß er mit Oliveira schweigsam beim Kaffee. Marly schlief noch. Als sich sein Handy meldete, erschrak er, sah auf das Display, erkannte Cecílias Nummer. Aber sie war es nicht, die sprach. Eine Männerstimme sagte:

"Hör mir gut zu, Alemâo! Wenn du deine Frau lebend wiedersehen willst, zahlst du uns 50 000 Reais. Und komme nicht auf die Idee, die Polizei einzuschalten. Dann ist sie tot."

"Ich habe nicht so viel Geld", sagte Nicolai.

"Erzähl uns nichts. Deutsche haben immer Geld."

"Ich habe wirklich nichts."

"Dann sieh zu, wie du es beschaffst. Sonst muss deine Frau leiden. Wir rauchen gerne, haben aber keinen Aschenbecher. Du weißt, was das heißt?"

"Nein."

"Du wirst es hören."

"Kann ich mit Cecília sprechen?"

"Nein. Du meldest dich noch heute Nachmittag und sagst uns, dass du das Geld hast." Der Mann legte auf.

Nicolai hatte das Smartphone auf ´laut` gestellt, so dass Lucas Oliveira mithören konnte. Der stützte die Ellenbogen auf den Tisch, bedeckte Stirn und Augen mit den Händen, schüttelte den Kopf. "Was sind das für Menschen! Nicolai, ich würde dir gerne helfen. Aber so viel Geld habe ich auch nicht. Mein Konto ist fast leer geräumt."

"Und was machen wir jetzt?"

"Ich weiß es nicht. Marly hat auch nur das, was sie bei mir verdient."

"Was meint er damit: Du wirst es hören?"

"Sie werden die Zigaretten auf Cecílias Haut ausdrücken."

"Nein!"

"Doch, Nicolai. Diese Bande kennt kein Pardon."

67

"Dieser Alemão will uns weismachen, dass er kein Geld hat", bemerkte der Luftgetrocknete zu seinem Kumpan.

"Wenn er sich nicht bald meldet, werden wir Druck machen."

"Er hat wirklich nichts", sagte Cecília mit müder Stimme. "Er hat gerade erst eine Arbeit gefunden."

"Aber du, du wohnst doch in einem Penthaus. Du liebst den Luxus, hast bestimmt einen Tresor mit Schmuck und Geld. Den soll er öffnen. Den Schmuck kann er zum Pfandleiher bringen."

"Ich habe nur Modeschmuck. Der ist nichts wert. Einen Tresor habe ich nicht."

"Und sonst? Nichts im Haus? Ihr esst doch von goldenen Tellern."

Cecília schüttelte den Kopf. "Computer, Fernseher. Aber nichts, wofür man 50 000 Reais bekommt."

"Dann muss sich dein Freund anstrengen. Wenn er dich schreien hört, wird ihm was einfallen."

"Was habt ihr vor?"

"Das wirst du schon merken. Wenn er sich bis heute Nachmittag nicht meldet und uns sagt, wie er das mit dem Geld macht, bist du dran. Wir tun dir zuerst nur ein bisschen weh."

"Johnny Cool hat mir die Erlaubnis gegeben, an der Schule meine Vorträge zu halten."

"Hat er nicht. Er hat es nur geduldet und nicht damit gerechnet, dass man auf deinen Psychoquatsch hört. Du hast unserem Umsatz geschadet. Also beschwer dich nicht. Noch hast du es gut bei uns. Aber nicht mehr lange."

"Ich habe Durst."

"Siehst du. Du bekommst sogar Wasser. Und wenn du Hunger hast, geben wir dir ein Stück Brot."

Der Luftgetrocknete ging zum Kühlschrank, kam mit einer Flasche Wasser zu ihr, setzte sie an ihren Mund.

"Bin ich nicht wie ein Vater zu dir?" sagte er.

68

Am Nachmittag kam der Anruf. Cecílias Name erschien auf dem Display. Nicolai tippte auf den grünen Punkt. ´Annehmen`.

"Alemão, warum meldest du dich nicht? Wir haben wenig Zeit. Du wolltest deine Amiga sprechen? Hier ist sie."

Er hörte einen Aufschrei, drückte die Verbindung weg, schlug die Hände vor dem Gesicht zusammen, Tränen stiegen ihm in die Augen.

Zur gleichen Zeit war in der Favela Rocinha Mathilda mit ihrer Puppe auf der schmalen Terrasse der Hütte, in der ihre Eltern wohnten. Mathilda war schon zwölf. Die Puppe war für sie ein Schutz, eine Art Talisman. Der Vater war mal wieder aus der Kneipe gekommen, ins Haus getorkelt, hatte die Mutter beschimpft, geschlagen. Mathilda flüchtete sich dann mit ihrer Puppe unters Bett oder nach draußen auf die Terrasse, die durch eine nicht allzu hohe Mauer vom Nachbarhaus getrennt war. Zu dem Nachbarhaus hatte die Mutter bemerkt: "Geh da nie hin!" Warum, hatte sie nicht gesagt. Manchmal hatte Mathilda, wenn sie auf der Straße spielte, gesehen, wie der Portier, der unten am Eingang zur Favela stand, hinein ging. Sie hatte Angst vor ihm. Vor seinem faltigen Gesicht, vor der Narbe, die sich über seine rechte Wange zog. Jetzt hatte sie diesen Schrei im Haus gehört. Sie zog einen Stuhl an die Mauer, stieg darauf, lugte über den Rand der Mauer, konnte das Fenster drüben sehen und sah, wie zwei Männer vor einer Frau standen, die auf einem Stuhl saß. Das Kinn war ihr auf die Brust gesunken. War das nicht die Professora, die in der Schule die Vorträge hielt? Doch, das war sie. Was machten die beiden Männer, die mit dem Rücken zu ihr, Mathilda, standen und sie nicht bemerken konnten. Jetzt hob die Professora den Kopf, sah zum Fenster hin, schlug beide Hände, die zu einer Faust gefaltet waren, vor den Mund. Was hatte das zu bedeuten? Hatte die Professora sie gesehen? Mathilda kletterte vom Stuhl, überlegte. Der Professora ging es nicht gut. Das hatte sie am Gesicht erkennen können. Es war wie von einem Schmerz verzerrt. Wem konnte sie, Mathilda, sich anvertrauen? Der Mutter? Nein! Die würde sagen: "Misch dich da nicht ein! Das geht uns nichts an." Dem Vater? Niemals. Die Professora war ihr Vorbild. So eine Frau wollte sie auch einmal werden. Aber niemals so wie die Mutter, die sich beschimpfen und schlagen ließ.

Die Bäckersfrau unten in der Nähe des Eingangs zur Favela fiel ihr ein. Da ging sie immer Brot kaufen. Die Tochter der Bäckerin ging mit ihr in die gleiche Klasse. Mathilda ließ die Puppe auf dem Stuhl liegen, lief nach unten, kam atemlos in den

Laden, wo nur die Bäckerin hinter der Theke stand. Es waren keine Kunden da.

"Was ist, Kind?" fragte die Bäckerin. "Warum bist du so aufgeregt? Du bekommst ja kaum noch Luft."

"Sie haben die Professora eingesperrt und quälen sie. Sie schreit. Das ist in unserem Nachbarhaus. Zwei Männer sind dabei. Einer ist der Portier."

Die Bäckerin überlegte nicht lange. "Komm!" sagte sie. "Ich schließe den Laden ab und wir fahren nach Ipanema."

"Zur Polizei?"

"Nein. Zur PM, Policia Militar."

69

Der Coronel, der Colonel Milton Nascimento, der Chef vom Batalhâo de Operações, der Einheit für spezielle Einsätze, sagte, als jemand an seine Tür klopfte: "Entre por favor!" – Herein bitte!

Einer seiner Männer betrat den Raum. "Coronel, da ist eine Frau mit einem Mädchen, will Sie unbedingt sprechen."

"Worüber?"

"Will sie nur Ihnen sagen."

"Ja, in Ordnung. Bringen Sie die Beiden herein."

Die Bäckersfrau wurde mit Mathilda hereingeführt. Der Coronel sah erstaunt auf. Solch ein Besuch war bei der PM ungewöhnlich. Aber er fragte freundlich:

"Worum geht es denn?"

Da erzählte ihm die Bäckerin, was Mathilda beobachtet hatte.

Der Coronel legte seine Stirn in Falten, strich sich über das Kinn. Konnte er der Erzählung des Mädchens glauben?

"Wirklich? Das hast du gesehen?"

"Ja, so war es."

"Gut. Ich will dir glauben. Du bist ein tapferes Mädchen. Wie heißt du?"

"Mathilda."

"Und du bist wie alt?"

"Zwölf."

"Da kann nur dieser Johnny Cool mit seiner Bande dahinter stecken", mischte sich die Bäckerin ein. "Der hat was dagegen, dass die Professora Vorträge gegen Drogen hält."

"Hmm", meinte der Coronel, "Johnny Cool ist doch der, den niemand gesehen hat und den die Kollegen von der Polizei nie finden. Selbst wenn sie mit 400 Mann anrücken. Ich werde das ganz anders machen. Mathilda, wieviele Männer hast du in der Hütte gesehen?"

"Zwei. Den, der immer unten am Eingang zu unserer Favela steht, und noch einen anderen, den ich nicht kenne."

"Sie haben dich gesehen?"

"Nein. Sie waren mit dem Rücken zu mir."

"Kannst du mir das Haus und die Fenster beschreiben?"

"Ja. Man kommt von der Straße zu einer Gasse und dann direkt auf den Eingang zu. Da sind zwei Fenster daneben. Das Fenster, durch das ich gesehen habe, liegt an der Seitenwand gegenüber unserer Terrasse."

"Wie lang ist der Weg? Wieviele Meter? Was schätzt du?"

"Nicht sehr lang. So breit wie das Fußballfeld von unserer Schule."

"Gut, Mathilda. Hast du Angst, wenn wir dich mitnehmen und du zeigst uns das Haus? Du zeigst es uns nur und dann gehst du mit meiner Kollegin wieder weg."

"Ich habe keine Angst. Ich will, dass die Professora da rauskommt."

"Gut, Mathilda. Ich erkläre dir jetzt, was wir machen. Zuerst gucken wir uns im

Computer die Karten und Satellitenbilder eurer Favela an und du sagst mir, wo das Haus liegt. Wenigstens ungefähr. Vielleicht erkennst du es sogar. Wir werden bis zum Anbruch der Dunkelheit warten. Dann fahren wir dorthin."

"Dann weiß der Johnny sofort Bescheid", warf die Bäckerin ein. "Der hat da eine Kamera oder einer von seiner Bande steht da. Die Polizei kommt immer so. Deshalb finden die den nicht."

"Wir kommen von hinten", sagte der Coronel.

"Da sind Felswände."

"Damit kennen wir uns aus. Wir seilen uns ab."

"Mit Mathilda?"

"Sie ist bei mir sicher."

70

"Der Computer ist hochgefahren", sagte Nascimento. "Ich habe auch schon die Karte der Rocinha auf dem Schirm. Mathilda, in welche Schule gehst du? Es gibt ja mehrere in der Favela."

"In die Escola Municipal."

"Schön. Also in die Francisco de Paula. So heißt sie ja. Kannst du eine Karte lesen?"

"Ja, das haben wir schon gelernt."

"Gehst du von der Schule zu Fuß nach Hause?"

"Ja. Es ist nicht weit."

"Wie lange gehst du?"

"Zehn Minuten.

"Dann komm bitte mal und zeige mir, wie du von der Schule nach Hause gehst. Ich kann das alles noch vergößern und dir auch Satellitenfotos zeigen."

Nascimento stand auf. "So, junge Dame. Setz dich hierhin, sieh dir das aufmerksam an. Du bist jetzt die Chefin der Militärpolizei."

Mathilda rutschte auf den Bürosessel, ging mit dem Gesicht näher an den Bildschirm. "Da ist die Schule, und so gehe ich." Sie führte ihren Zeigefinger nach Norden, gelangte in Nähe der Rua Portão Vermelho und zwar dort, wo die Straße eine Schleife machte, zu einer Ansammlung von Häusern. Auf der anderen Seite der Straße war dichter Wald.

Nascimento zoomte das Foto heran. Mathilda rief: "Da ist es ja. Unser Haus ist blau. Das daneben gelb. Da ist die Professora."

"Bist du dir sicher?" fragte der Coronel. "Wir dürfen keinen Fehler machen."

"Ja, ganz sicher."

Nascimento zoomte die Häuser noch näher heran. Jetzt konnte man Einzelheiten erkennen. Mathilda zeigte auf das gelbe Haus. Da sind die beiden Fenster neben der Türe. Das an der Seite kann ich nicht sehen. Es ist aber da. Und hier ist auch die Mauer zwischen den beiden Häusern."

"Bravo, Mathilda! Das hast du sehr gut gemacht. Ich habe jetzt noch ein paar weitere Fragen. Du sagst, die Professora hat auf einem Stuhl gesessen. Konntest du erkennen, ob sie gefesselt war?"

"Das weiß ich nicht genau. Aber als sie zum Fenster geguckt hat, da hat sie sich mit beiden Händen vor den Mund geschlagen. Da war etwas Schwarzes am Handgelenk. Wie ein Band."

"Aha. Gut beobachtet. Wo in dem Raum ist der Stuhl?"

"Hinten an der Wand."

"Wo hinten? Mathilda, du hast durch das Seitenfenster hineingesehen." Nascimento nahm ein Blatt, zeichnete mit einem Bleistift ein Viereck, machte da, wo das

Fenster war, ein Kreuz. "So, Mathilda, du hast da, wo das Kreuz ist, in den Raum geguckt. Mache bitte ein Kreuz, wo der Stuhl steht. Wir müssen das genau wissen."

Er gab ihr den Stift. Mathilda zeichnete ein zweites Kreuz.

"Hervorragend, junge Dame. Wenn du mit der Schule fertig bist, kommst du bitte zu uns."

"Hatten die beiden Männer eine Waffe in der Hand. Eine Pistole zum Beispiel."

"Das weiß ich nicht. Ich habe ja nur den Rücken gesehen."

"Entschuldigung. Dann war das eine dumme Frage von mir. Hattest du ja schon gesagt. Eins noch: "Weißt du, wie die Professora heißt?"

"Ich weiß nur ihren Vornamen. Den hat sie uns gesagt. Cecília. Den Nachnamen habe ich vergessen. Den hat sie uns aber auch gesagt."

"Kam sie an mehreren Tagen in die Schule oder nur an einem bestimmten?"

"Sie ist immer am Mittwoch gekommen."

"Danke, Mathilda! Jetzt brauche ich wieder den Sessel. Ich muss telefonieren. Du musst heute Abend nicht mit. Ich weiß ja jetzt, wo das Haus ist. Ihr müsst aber beide noch hierbleiben, bis der Einsatz beendet ist."

Die Bäckerin protestierte. "Ich muss meinen Laden wieder aufmachen."

"Ich muss sicher sein, dass Sie nichts erzählen."

"Mache ich bestimmt nicht."

"Tut mir leid. Ich muss absolute Gewissheit haben, darf nichts riskieren. Wenn Sie ein Handy dabei haben, geben Sie das bitte ab. Sie bekommen es ja wieder. Sie werden von einer Kollegin von mir betreut. Wir haben auch einen Getränkeautomaten und eine kleine Cafeteria. Da dürfen Sie sich mit ihr aufhalten. Getränke und Snacks sind selbstverständlich frei."

"Und wer bezahlt mir den Umsatz, der mir verlorengeht?" fragte die Bäckerin.

"Da werden wir Wege finden. Schließlich haben Sie klug und vorbildlich gehandelt. Eine Frage noch. Wie sind Sie von der Favela hierhingekommen?"

"Mit dem Motorradtaxi."

"Sie haben dem Fahrer etwas erzählt?"

"Nein. Selbstverständlich nicht."

"Ich bleibe gerne hier", sagte Mathilda.

Coronel Milton Nascimento hielt mit seiner Truppe eine Lage- und Einsatzbesprechung. Er hatte ihnen von Mathilda erzählt, was sie beobachtet hatte. Auf einer Leinwand, auf die ein Beamer Karte und Fotos projizierte, erklärte er:

"Diese Schleife da oben im Nordwesten der Favela könnte verdammt gefährlich sein. Enge Gassen, uneinsehbare Winkel. Die Ansammlung der Häuser dort ist ein ideales Schlupfloch für die Bande. Wir wissen ja, dass sie ein Netz von Tunneln haben. Zum Wald hinter der Rua Portâo Vermelho sind es vom Rand der Häuser nur ein paar Meter. Ich vermute, Johnny Cool hält sich in dieser Ecke auf. Wir müssen in der Dunkelheit operieren. Wir fahren auf der Vermelho außenrum im Norden, nehmen also auf keinen Fall den südlichen Hauptzugang, wo auch die Busse reinkommen und wo der Bandenchef wahrscheinlich eine Kamera hat oder jemanden, der ihn warnt. In dem Waldstück, das an die Schleife grenzt, befindet sich eine Schneise, wo wir unseren Bus parken können. Dort wird er nicht gesehen. Wir überqueren die Straße, gehen durch ein paar Gassen zu diesem gelben Haus."

Er zeigte ein Foto und auch eins vom Nachbarhaus. Wir werden uns dem Haus zu Fünft nähern, auf keinen Fall mit der ganzen Truppe. Prägt euch Haus und Wegverlauf ein. Zehn von euch bleiben im Wald und beobachten. Sind wir am Haus angelangt, Blend- und Nebelgranate durch das Seitenfenster. Das machen zwei von euch. Die Professora sitzt auf einem Stuhl hinten an der Wand. Also die Granaten mitten in den Raum. Die beiden Männer, die Mathilda gesehen hat, sind bestimmt bewaffnet. Sobald das Glas klirrt, kommen wir durch die Tür. Die Sichtbrillen haben wir schon aufgesetzt. Das muss alles blitzschnell und synchron gehen. Haben wir oft genug geübt, muss ich euch nicht mehr erzählen. Das Überraschungs- moment muss auf unserer Seite liegen. Greifen die Beiden in dem Raum zu einer Waffe, sofort schießen. Aber aufpassen auf die Position der Professora. So, und jetzt kommt das Problem. Wie kommen wir unbemerkt an den Häusern vorbei? Wir müssen damit rechnen, dass uns jemand sieht. Aber derjenige darf nicht sehen, wer wir sind. Also keine Uniform. Wir werden eine harmlose Gruppe von Touristen sein, die aus der Kneipe in Nähe der Schleife kommt. Unsere Kleidungskammer kommt also zum Einsatz. Sucht euch da was aus. Zum Beispiel Jamaicahemd über die Schussweste. Panamahut auf den Kopf. Das Seitenfenster und die Granaten übernehmen Lia und Anna, die Haustür Ailton, Pedro und ich. Ailton ist der Kräftigste. Er wirft sich dagegen. Wir nehmen aber auch ein Stemmeisen mit. Die Zehn, die im Wald an der Straße aufpassen, melden sich bitte freiwillig. Der Einsatz ist gefährlich. Eben wegen der 200 Meter durch die Gassen. Wir müssen da etwas Theater spielen. Ich gehe vor, die Vier hinter mir können ruhig so tun, als seien sie Paare. Hakt euch zum Beispiel unter. Dieses Mal ist es im Dienst erlaubt. Sollte uns beim Gang zu dem Haus jemand belästigen, ziehe ich sofort die Pistole und bedeute demjenigen, dass er sich verziehen soll. Ich hoffe, wir kommen ohne Schusswechsel durch. Auch draußen im Wald. Höchste Vorsicht. Johnny Cool verteilt keine Gummibärchen. Sofort schießen, wenn jemand eine Waffe gegen euch zieht. Die, die nicht mitkommen,

bleiben in Bereitschaft. Gibt es irgend-
welche Fragen?"

Ailton grinste, fragte: "Chef, darf ich
mich bei Lia einhaken?"

"Palhaço! – Witzbold – Da musst du Lia
fragen, nicht mich."

71

"Dein Amigo verarscht uns", sagte der
Luftgetrocknete zu Cecília. "Du erzählst
uns, er hat nichts, aber er ruft uns an, bittet
um Aufschub, erzählt, dass ihm ein
Freund in Alemanha das Geld auf sein
Konto bei der `Bradesco` überweisen
würde. Hat er hier überhaupt ein Konto?
Glaube ich nicht. Mit solchen Märchen
kommt ihr bei uns nicht durch."

Der Luftgetrocknete schob sich eine
Zigarette zwischen die Lippen, zündete sie
an, nahm sie zwischen die Finger,
inhalierte, blies Cecília den Rauch ins
Gesicht, sagte zu seinem Kumpan: "Ruf
den Deutschen an, damit er noch einmal
hören kann, wie es seiner Amiga geht."

In diesem Moment klirrte Glas, ein Blitz
schoss durch den Raum, Nebel verbreitete
sich. An der Tür krachte es. Der

Luftgetrocknete wollte nach der Pistole auf dem Tisch greifen, aber er sah nichts. Jemand griff seine Handgelenke, riss sie nach hinten. Es klickte. Seinem Kumpan, der gerade das Handy nehmen wollte, ging es genauso.

Vor Cecília tauchte im Nebel ein Gesicht auf. Der Coronel Milton Nascimento sagte: "Sie sind frei, Professora." Er schnitt die Kabelbinder durch. "Kommen Sie! Geben Sie mir Ihre Hand. Wir müssen hier raus. Die Ambulanz kommt gleich."

Draußen, im Licht der Taschenlampe, sah er, was sie an Cecílias Arm angerichtet hatten.

„Wer war das?" fragte er.

Cecília zeigte auf den Luftgetrockneten, der von Ailton festgehalten wurde. Seinen Kumpan hatte Pedro im Griff.

„Die Wunde muss versorgt werden", sagte der Coronel. „Die Ambulanz ist benachrichtigt, ist in ein paar Minuten da. Sie warten an der Schule."

„Danke!" sagte Cecília, „dass Sie mich befreit haben."

„Bedanken Sie sich bei denen da." Er zeigte auf die Vier von seiner Truppe. „Und vor allem bei einer Schülerin. Sie heißt Mathilda. Aber das erzähle ich Ihnen Morgen." Er reichte ihr eine Visitenkarte. „Rufen Sie mich Morgen an!"

„Ich brauche mein Handy. Es müsste auf dem Tisch liegen. Ich muss meinen Freund anrufen, damit er sich keine Sorgen mehr macht."

„Lia wird es holen."

Zwei Sanitäter kamen, versorgten die Wunde am Arm.

„Bringt sie in die Klinik", sagte der Coronel zu den Sanitätern.

Cecília protestierte. „Nein, ich will nach Hause. So schlimm ist es nicht."

„Sie sind leichtsinnig. Die Wunde sieht nicht gut aus. Aber bitte, ich kann Sie nicht daran hindern. Aber gehen Sie Morgen zu einem Arzt. Die Ambulanz bringt Sie nach Hause."

72

Als Cecília mit den Sanitätern gegangen war, baute sich der Coronel vor dem Luftgetrockneten auf. "Macht man das!? Zigaretten auf dem Arm einer Frau ausdrücken!?"

Er schob sich eine Zigarette zwischen die Lippen, zündete sie an, blies dem Luftgetrockneten den Rauch ins Gesicht.

"Ich kann das auch", sagte er. "Du sagst mir jetzt, wo euer Johnny ist."

Der Luftgetrocknete schwieg.

Der Coronel zog seine Pistole, entsicherte sie. "Wenn du tot bist, beschwert sich niemand. So etwas passiert eben bei einem Einsatz wie diesem. Johnny kann dir nicht mehr helfen. Aber ich. Ich mache dir ein Angebot, wenn du kooperierst. Statt zwanzig Jahre Knast nur zehn. Was hältst du davon?"

"Zehn Jahre? Weniger?"

"Mindestens. Es zeigt deine Reue und stimmt den Richter gnädig. Ich kann ein gutes Wort für dich einlegen."

Der Luftgetrocknete überlegte eine Weile. Dann sagte er: "Okay, hat ja sowieso keinen Sinn mehr."

"Also, wo hält er sich auf? Ich zeige dir auf meinem Handy eine Karte von der Rocinha."

Nascimento zog sein Handy aus der Brusttasche seines Hemdes, tippte ein paar Mal, hielt ihm das Display vor die Augen.

"Sieh dir das gut an!"

"Muss ich nicht lange. Es ist in der Nähe. Da, wo die Vermelho eine Schleife macht."

„Genauer. Welche Gasse?"

„In der dritten. Das hellgrüne."

„Es ist das einzige Haus mit dieser Farbe?"

„Ja. An der Fassade steht in gelbroten, großen Buchstaben ´Bem-Vindo Rocinha`."

"Und wie schafft er es, dass er bei den Razzien immer entkommt? Er benutzt einen Tunnel, nicht wahr."

"Ja. Ich war ein paar Mal dabei. Der Tunnel geht vom Haus unter der Straße durch. Auf der anderen Seite ist eine Lichtung. Dort wird er dann abgeholt, taucht für ein paar Tage an der Copacabana unter."

Der Coronel zoomte die Schleife der Straße heran. "Ist es diese Lichtung hier?"

"Ja, die ist es."

Nascimento zoomte weiter. "Wo genau ist es? Wo kommt er raus?"

"Da auf der rechten Seite. Etwa 50 Meter von der Straße weg und ein paar Meter in den Wald hinein."

"Der Ausgang ist getarnt?"

"Ja. Aber es gibt ein Kennzeichen."

"Welches?"

"Direkt daneben ist eine Kiefer mit einem krummen Stamm."

„Er hat nur diesen Tunnel?"

„Nur den."

"Gut. Du bist kooperativ."

"Soll ich Sie jetzt zu dem Haus führen?"

"Von wegen! Das könnte dir so passen. Das machen wir ganz anders. Du hast doch bestimmt ein Handy. Oder?"

"Wo?"

"In meiner rechten Hosentasche."

"Ailton, zieh es ihm raus und gib es mir."

"Da ist auch Johnnys Nummer dabei?" fragte der Coronel.

"Ja."

„Gut. Die zeigst du mir nachher. Ach ja, eins noch. Hat er Kameras angebracht, um die Schleife der ´Vermelho` zu beobachten?"

„Nein. Die hat er nur unten an der Zufahrt. Die Polizei ist ja nie von oben gekommen."

Der Coronel erledigte ein paar Anrufe, sagte dann zu seinen Leuten: „Die im Wald wissen Bescheid, Verstärkung von der Bereitschaft kommt. Dahin, wo Johnny wohnt, und auch hierhin. Wir warten, bis sie da sind. Mit diesen beiden Vögelchen durch die Gassen zu unserem Bus zu gehen, ist mir zu unsicher. Und dann hoffe ich, dass mein Plan funktioniert."

73

Nicolai saß an diesem Abend allein auf der Terrasse. Nach Gesellschaft war ihm nicht zumute. Er konnte nicht im ´Blue-Blue` sein, den tanzenden Paaren zusehen. Warum war das Schicksal so grausam!? Erst schenkte es einem ein unverhofftes Glück. Und dann schlug alles ins Gegenteil um. Dunkle Gedanken zogen durch ihn. Wäre es nicht besser gewesen, er wäre von der Brücke gesprungen? Dann hätte er das hier nicht erleben müssen. Diese Hilflosigkeit, zur Untätigkeit verdammt zu sein, nicht helfen zu können. Er hatte ihren Aufschrei nicht mehr hören wollen, deshalb angerufen, diesem Schwein erzählt, das Geld sei aus Deutschland unterwegs. Um Zeit zu gewinnen, Aufschub. Vielleicht war das ein Fehler gewesen und machte alles nur noch schlimmer. Was sollte eine Zukunft ohne Cecília bringen? Wohin überhaupt? Zurück nach Deutschland? In Rio bleiben und mit gebrochenem Herz am Piano sitzen und Samba oder Reggae spielen?

Sein Handy meldete sich. Auf dem Display erschien Cecílias Name. Was wollte dieser Gangster von ihm? Sollte er sich noch einmal diesen Aufschrei anhören? "Du siehst, wir machen Ernst!" Oder wollte dieser Gangster noch mehr Geld fordern? Sagen: "Alemão, wenn du 50 000 auf dein Konto überweisen kannst, geht das auch mit 100 000."

Er schüttelte den Kopf, nahm das Gespräch nicht an. Erst Morgen wieder. Diese zynische Ratte vertrösten. "So eine Überweisung dauert länger. Ihr bekommt das Geld. Aber nur, wenn ihr Cecília nichts antut."

Vielleicht doch zur Polizei gehen? Er hatte sich am Computer Fotos der Favela angesehen. Die größte in Rio. Ein Chaos bunter, verschachtelter Häuser, die sich den Hügel entlang hochzogen. Bunt waren die Fassaden gestrichen worden, als Michael Jackson in der Favela ein Gastspiel angekündigt hatte. Wie sollten sie Cecília dort finden? Waren nicht auch alle Razzien, um diesen Johnny Cool aufzuspüren, erfolglos geblieben!? 400 Polizisten, wie ihm Cecília erzählt hatte, waren durch die Favela gestreift, hatten die Hütten und Häuser durchsucht und nichts gefunden. Jedenfalls nicht den, den sie suchten. Einen solchen Aufwand würden sie wegen ihr nicht machen. Oder doch? Es ging ja nicht nur um Cecília, sondern auch um den Anführer der Bande, der sich selbst als Herr des Hügels bezeichnete. War der Gang zur Polizei nicht besser, als hier zu sitzen und nichts tun zu können?

Da hörte er ein Geräusch. War das nicht ein Schlüssel, der sich in einem Schloss drehte? Er stand auf, ging durch das Wohnzimmer zum Flur. Da kam sie ihm entgegen. Er konnte nichts sagen, umarmte sie, legte seinen Kopf auf ihre Schulter und heulte nur noch.

74

Johnny Cool schimpfte. Warum ging nicht einer dieser beiden Idioten ans Handy? Die hatten immer bereit zu sein. Das kannte er gar nicht anders. Vor allem der Luftgetrocknete war immer zuverlässig gewesen. Und jetzt? Auf einmal? Oder stimmte da etwas nicht? Er klemmte den Schraubenzieher in die Fuge der Diele. Die Luke schob sich auf. Er kletterte die Leitertreppe runter, setzte sich vor den Laptop, fuhr ihn hoch, um unten die Zufahrt zur Favela zu beobachten. Aber alles war wie immer. Keine Razzia. Nur ein paar Autos und Motorräder standen auf dem Parkplatz. Was war los? War die Psychotante den beiden Volltrotteln etwa laufen gegangen und die versteckten sich jetzt vor ihm, weil sie Angst hatten? Sollte er zu der Hütte gehen und nachsehen? Lieber nicht.

Sein Smartphone meldete sich. Der Luftgetrocknete. Also doch alles gut. "Was gibt's?" meldete sich Johnny. "Warum gehst du Idiot nicht dran, wenn ich dich anrufe?"

"Danke für das Kompliment!" hörte er eine Stimme, die er nicht kannte. "Johnny, hier ist Coronel Milton Nascimento von der Militärpolizei. Wir sind in der Gasse vor deinem grünen Haus mit dem netten Willkommensgruß. Komm raus! Dann passiert dir nichts. Sonst kommen wir rein."

Er drückte das Gespräch weg. "Scheiße!" Aber für solche Fälle war er vorbereitet. Er stopfte sich Geld in die

Tasche, steckte das Handy ein und die Pistole, öffnete die Tür zum Tunnel, ging hinein und aufrecht hindurch. Die Decke hatte er hoch genug anlegen lassen. Ein Herr des Hügels krabbelte nicht auf allen Vieren. "Ihr Idioten!" murmelte er. "Ihr kriegt mich nicht. Den Luftgetrockneten könnt ihr meinetwegen haben."

Als er die mit Gras bedeckte Luke am Ausgang hochhob und hinausguckte, blickte er in den Lauf von Maschinenpistolen. "Komm raus, Johnny!" sagte eine Stimme, die er kannte. "Heb´ die Hände hoch. Falls du eine Waffe hast, lass sie fallen. Das Spiel ist aus."

Handschellen klickten. Der Coronel sagte: "Du kannst jetzt dort im Bus deine Gesellen begrüßen. Die warten schon auf dich."

"Einsatz beendet", sagte er zu seiner Truppe. "Danke. Ihr wart großartig."

Später, im Bus, fragte er Ailton: "Na, hast du dich bei Lia untergehakt. Ich bin ja vorne gegangen, habe nichts gesehen."

Ailton grinste. "Ja, Chef. Nicht nur untergehakt. Wir haben uns unterwegs auch geküsst."

"Schön!" sagte Nascimento. "Ich mag es, wenn ihr euch untereinander versteht."

75

Am nächsten Morgen fuhr Cecília nach Ipanema zur Policia Militar. Ailton empfing sie. "Professora, alles in Ordnung?"

"Sim, tudo bem!"

"Diesem Typen, diesem Magrelo, der die Zigarette ausgedrückt hat, hätte ich am liebsten in die Fresse gehauen. Aber wir haben ja unsere Vorschriften. Kommen Sie, ich bringe Sie zum Coronel!"

Als sie in sein Büro trat, stand er auf, begrüßte sie, begutachtete den Verband an ihrem Arm. "Sie waren beim Arzt?" fragte er.

"Nein, die beiden Sanitäter haben mich gut versorgt. Alles in Ordnung."

"Na ja, Sie sehen auch überraschend gut erholt aus. So", sagte er und zeigte auf die Sitzecke, "da haben wir noch jemanden. Sie kennen die junge Dame?"

"Ja, das ist Mathilda. Aus der achten Klasse."

"Ihr haben sie die Befreiung zu verdanken."

Nascimento erzählte, was vorgefallen war. "Und bedanken Sie sich auch bei der Bäckerin, die unten in der Favela ihren

Laden hat. Sie hat sehr klug gehandelt. Die beiden Galgenvögel sind jetzt hinter Gittern und den Johnny Cool haben wir auch erwischt. Aber was hilft das schon!? Da nennt sich bald der Nächste ´Herr des Hügels`."

Cecília ging zu Mathilda, umarmte sie. "Danke, das hast du wunderbar gemacht. Ohne dich wäre ich jetzt immer noch da und wer weiß, was die Beiden mit mir noch angestellt hätten."

"Das musste ich doch tun, Professora", sagte Mathilda bescheiden.

"Da ist gestern Abend noch etwas passiert", bemerkte der Coronel. "Ich bin sofort wieder zurück."

Nascimento verließ den Raum, kam kurz darauf mit einer Kollegin.

"Mathilda, gehst du bitte mit ihr in die Cafeteria. Ihr kennt euch ja schon. Ich muss mit deiner Professora etwas besprechen."

"So, Frau Gonçalves", sagte er, als die Beiden gegangen waren, "wir hatten die Bäckerin und Mathilda hierbehalten, bis der Einsatz beendet war. Ich musste absolut sicher sein, dass vorher nichts erzählt wird. Mathildas Eltern haben wir natürlich angerufen. Der Vater war am

Handy, ziemlich betrunken, und er hat gesagt: ´Die kann was erleben, wenn sie nach Hause kommt. Es reicht, wenn ich eine blöde Alte hab´. Da muss nicht noch eine dumme Tochter dazu.` Wir haben Mathilda natürlich nicht nach Hause gebracht. Sie hat bei der Kollegin geschlafen. Heute Morgen hat mir Mathilda erzählt, wie es zu Hause zugeht. Der Vater ist dauernd betrunken, beschimpft und schlägt die Mutter. Mathilda versteckt sich dann mit ihrer Puppe unter dem Bett oder geht nach draußen auf die Terrasse. So ist das täglich. Das Mädchen ist froh, wenn es in der Schule sein kann. Wir können Mathilda nicht zurückbringen. Wir müssen das Jugendamt informieren. Sie käme dann in ein Heim. Man würde Adoptiveltern suchen."

"Sie kann zu mir kommen", erklärte Cecília spontan. "Ich nehme sie mit. Sie hat bei mir ein eigenes Zimmer. Das mit der Adoption werde ich später regeln."

"Gut. Danke. Dann kommt sie vorläufig zu Ihnen. Sie gehen auf keinen Fall in die Favela. Meine Kollegin und ich besuchen heute die Eltern, sprechen mit ihnen. Mathilda ist nach meinem Eindruck ein sehr intelligentes und sympathisches Mädchen. Ich würde sie auch gerne nehmen, habe aber schon acht Kinder im Haus herumlaufen."

"Acht?" fragte Cecília.

"Ja, acht. Meine Frau wollte es so. Ich aber auch."

"Hätte ich Ihnen gar nicht zugetraut."

"Ach, war nicht schwer. Ich musste sie ja nicht zur Welt bringen. Sie leben alleine?"

"Nein, mit einem Freund zusammen."

"Er wird mit einer Adoption einverstanden sein?"

"Bestimmt. Er hat mir erzählt, dass er sich schon immer eine Familie gewünscht hat."

"Gut. Dann müssen wir nur noch Mathilda fragen. Aber da weiß ich schon die Antwort. Sie hat mir verraten, dass Sie ihr großes Vorbild sind."

76

"Klar bin ich einverstanden", hatte Nicolai erklärt. Am Abend saß er wieder am Piano für die Band ´Samba no Sangue`. Er hatte Oliveira alles erzählt und der hatte gesagt: "Gott sei Dank, dass es so gelaufen ist! Ein anderer Ausgang wäre eine Katastrophe gewesen. Ich bin auch froh, dass du wieder Klavier spielst."

Nach Mitternacht saß er noch mit Cecília bei einem Glas Wein auf der Terrasse. Er schien über irgendetwas nachzudenken. Cecília bemerkte es und fragte: "Was ist? Was bewegt dich? Sehe ich doch."

Da rieb er sich das Kinn, grinste. "Eigentlich sollte man so etwas nur aus Liebe machen. Aber kommt jetzt nicht noch ein sachlicher Grund dazu?"

"Du sprichst in Rätseln. Was sollte man nur aus Liebe machen? Was ist der sachliche Grund?"

"Ist es für eine Adoption nicht vorteilhaft oder sogar notwendig, wenn man verheiratet ist?"

"Ach so, ja, ich verstehe. Ist das ein Antrag?"

"Ja."

Sie stand auf, küsste ihn. "Ich nehme ihn gerne an. Es gibt sogar noch einen zweiten sachlichen Grund. Du bekommst dann eine Residencia, eine lebenslange Aufenthaltserlaubnis."

"Schön! Welche Dokumente brauche ich?"

"Weiß ich jetzt nicht genau. Wahrscheinlich eine Geburtsurkunde, polizeiliches Führungszeugnis. Deinen Reisepass natürlich. Aber das finde ich schnell heraus. Es gibt einiges zu regeln. Auch mit Mathilda. Nascimento hat mich heute Abend angerufen. Die Eltern sind einverstanden, dass sie hierbleibt. Dem Vater war das völlig egal. Die Mutter hat nicht protestiert. Sie haben um eine kleine finanzielle Unterstützung gebeten. Mach ich natürlich. Zunächst geht Mathilda weiter auf ihre alte Schule. Ich werde ein Taxi organisieren, das sie regelmäßig dorthin bringt und auch wieder abholt. Später werde ich sie hier an einem Gymnasium anmelden. Ich denke da an das ´Ginásio do Botafogo`. Das ist ganz in der Nähe. Ich habe da früher selbst Abitur gemacht. Die Schule hat einen guten Ruf."

"Wie gefällt es Mathilda hier?"

"Oh, sehr gut. Sie hat gesagt: ´Hier will ich nicht mehr weg.` Sie hat übrigens dein Klavier bewundert, gesagt, dass sie das lernen will. Ich bezahle dir die Stunden, die du ihr gibst."

"Quatsch. Die sind unentgeltlich. Dann haben wir ja vielleicht eine zukünftige Pianistin."

"Bei dem Lehrer! Bestimmt. Ich gehe Morgen mit ihr einkaufen. Sie braucht neue Kleidung, Schuhe und noch ein paar andere Dinge. Für die Schule zum Beispiel. Sie hat ja alles in der Favela gelassen. Die Puppe, die sie immer mit unters Bett genommen hat, wenn sie sich versteckt hat, will sie übrigens nicht wiederhaben."

"Du freust dich sehr, jetzt eine Tochter zu haben?"

"Ja. Hast du richtig erkannt."

77

Das Leben kehrte in normale, unaufgeregte Bahnen zurück. Cecília hielt weiter ihre Vorträge. Aber nicht in einer Favela, sondern an den Schulen Rios, die nicht in einem gefährdeten Bereich lagen. Nicolai spielte im ´Blue-Blue`, komponierte und textete auch neue Songs für die Band ´Samba no Sangue`. Nach Salvador de Bahia waren die Fünf ohne ihn gefahren. Oliveira hatte ihn gebeten zu bleiben. „Wenn die Band weg ist, will ich wenigstens den Pianist hier haben."

Zu der geplanten Sinfonie sagte Nicolai: "Die hebe ich mir für das Alter auf."

Mathilda hatte die Schule gewechselt, ging in Botafogo auf das Gymnasium, entwickelte sich zu einer selbstbewussten, jungen Dame. Nicolai staunte über ihre Fortschritte am Piano. "Es dauert nicht mehr lange, dann spielt sie Tchaikovskys Klavierkonzert Nr. 1 ohne Noten", bemerkte er. "So etwas geht nur, wenn man Leidenschaft hat. Unsere Tochter hat sie."

Irgendwann waren auch die Dokumente da. Cecília und er gingen zur Cartorio, heirateten bei einem Notar und dann stand auch einer Adoption Mathildas nichts mehr im Weg. Zauberhaft waren die Abende auf der Terrasse. Nach einem oder auch zwei Gläsern Wein kam Cecília ins Erzählen.

"Ach, Nicolai, das weißt du ja noch gar nicht. Ich bin nicht nur eine Carioca, sondern auch eine Gaúcha. Oft war ich auf der Hazienda der Großeltern dort im Süden Brasiliens, in Rio Grande do Sul. Ich bin zu den Kordilleren geritten und habe ihrer Schönheit entgegengerufen: ´Bem-

Vindo!`. Als Echo kam es zurück. Der Großvater zog oft mit Pferden und Eseln nach Uruguay, um dort brasilianische Waren zu verkaufen. Beim Grenzübertritt musste er auf einer Weide nur ein Gatter aufstoßen. Mit irgendwelchen Sachen aus Uruguay kam er zurück. Farmer und Händler. Wenn er loszog, sah es immer aus, als sei ein Beduine mit seiner Karawane unterwegs. Einmal, als er auf dem Rückweg war, habe ich ihn auf einer Berghöhe getroffen. Er hat mich erstaunt angesehen, wie ich da auf dem Pferd saß, nahm die Palheiro, die selbstgedrehte Zigarette, aus dem Mund und sagte: ´Uma bella rapariga!` - Eine Schönheit, die man rauben möchte. Nach solchen Ritten, die oft fünf Stunden dauerten, habe ich herrlich geschlafen auf einer Matratze, die mit Maisblättern gestopft war. Matratze, ach ja. War der Großvater in Uruguay, kam ein Coronel, in den die Großmutter verliebt war, und hat sie vernascht. Was der Großvater in Uruguay getrieben hat, möchte ich nicht wissen. Aber beide haben immer gelacht und waren fröhlich."

Ein besonderes Ereignis gab es, als sich irgendwann an einem Sonntagnachmittag der Portier meldete und sagte: "Frau

Gonçalves, hier ist eine Frau Bertolini mit ihrem Mann und möchte sie sprechen."

"Bertolini? Kenne ich nicht", hatte Cecília gesagt.

Als sie unten an der Rezeption ankam, war es Amélia, die ihr in ihrer typischen Art einen jungen, hübschen Mann vorstellte mit den Worten: "Das ist Giovanni, mein italienischer Feuer-löscher."

78

Einmal, in der Zeit der Schulferien, flogen sie für eine Woche nach Salvador de Bahia mit seinen zauberhaften Stränden und dem Flair der Karibik. Hier war der Samba entstanden, der Freiheitstanz der afrikanischen Sklaven auf den Kakao-, Kaffee- und Baumwollplantagen. Wenn Mathilda schlief, zog Nicolai mit Cecília durch die Kneipen, um den Klängen zu lauschen und neue Ideen mit nach Rio zu bringen. Mit einer afrikanischen Kalimba kam er zurück, textete und komponierte ´Tempo de Amor` - Zeit der Liebe. Louis, der in der Band die Mandoline spielte, tauschte sie für diesen Song gegen die Kalimba.

"É tempo de amor, de curar a dor, luz na escuridão, seu beijo cheio de paixão."- Es ist Zeit für die Liebe, um den Schmerz zu heilen, Licht in der Dunkelheit, dein Kuss voller Leidenschaft.

An einem der Freitage, in einer Spielpause, kam ein Mann zu ihnen, stellte sich vor als Flavio Alvares, Musikproduzent in Rio, und sagte: "Ich kenne jeden Samba, aber einige Songs von euch nicht. Die sind supergut und besonders dieses ´Tempo de Amor`. Das geht ins Blut und in die Beine. Habt ihr Lust ins Tonstudio zu kommen und diese Stücke aufzunehmen? Ich mache eine CD daraus und an der Copacabana drehen wir einen Videoclip dazu. Das wird in den Charts abgehen wie eine Rakete."

Ja, die Lust hatten sie. Als er Cecília davon erzählte, meinte sie: "Du wirst hier noch reich."

"Eu amo o Brasil!" sagte er. "Das passiert, wenn man eine Frau und ihr Land liebt."

*

www.ruediger-schneider.net